Par Dom Jacques Mar

L. 1189.
+1.

ORIGINES

CELTIQUES

ET GAULOISES.

(par Dom Martin)

ECLAIRCISSEMENS
HISTORIQUES
SUR
LES ORIGINES
CELTIQUES ET GAULOISES.
AVEC
Les quatre premiers siécles des
ANNALES DES GAULES.

*Par le R. P. D. ***, Religieux Bénédictin,
de la Congrégation de S. Maur.*

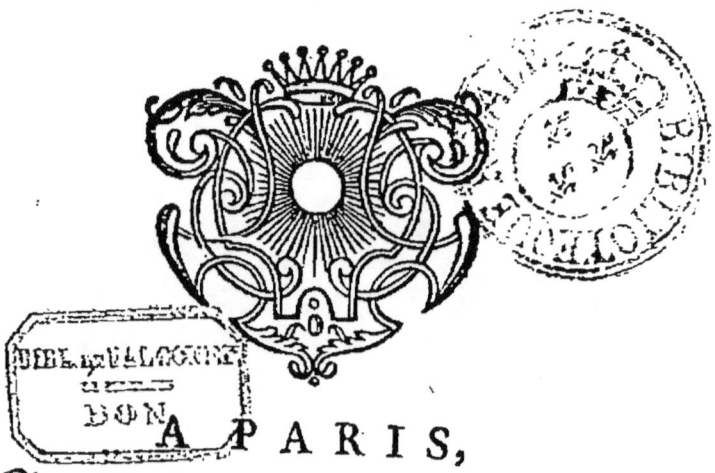

A PARIS,
Chez D U R A N D, ruë S. Jacques,
au Griffon.

M. DCC. XLIV.
Avec Approbation & Privilége du Roy.

PRÉFACE.

CET Ouvrage n'a d'autre
mérite, que celui d'être
court, & d'avoir été tiré des
plus pures sources de l'Histoire.
Je m'y suis étudié à ne rien donner au préjugé, ni aux saillies
de l'imagination. Aussi me flat-
tai-je que pour peu qu'on me
lise avec attention, on se convaincra que je n'avance quoi
que ce soit qu'autorité en main,
ou fondé sur la certitude qui résulte de la comparaison de tout
ce que les anciens ont dit touchant nos antiquités. Cette route, qui est la seule qu'il faut tenir pour découvrir la vérité, &
que peu de modernes ont néan-

moins fuivie „ m'a empêché de me rencontrer avec la plûpart de nos meilleurs Ecrivains. Ils ne doivent donc pas m'en fça-voir plus mauvais gré, qu'on n'en fçauroit au Pilote, qui trouveroit le chemin de la Chi-ne, affranchi des inconvéniens inféparables de celui de paffer & de repaffer l'Equateur.

J'attens cette juftice en par-ticulier de l'Auteur des *Mémoi-res, pour fervir à l'Hiftoire des Gaules & de la France.* Il ne peut me la refufer, fans récla-mer contre la déclaration qu'il fait dans la Préface, *d'être fincé-rement reconnoiffant envers ceux qui tenteront de le rapprocher de la vérité,* & fans violer les affûran-ces qu'il donne *de rétracter à la tête de fon fecond volume, toutes les fautes qu'on lui aura fait ap-percevoir dans le premier.*

Je n'en demande pas tant. Je souhaite seulement, & je crois pouvoir l'exiger, que s'il ne goûte pas plus mes Origines Celtiques & Gauloises, qu'il a goûté celles des autres, il ne jette pas plus d'humeur & de personnel dans ce qu'il pourroit écrire pour se justifier, qu'il en entre dans mes Eclaircissemens. A la vérité, plusieurs endroits de son livre servent de canevas, où comme on voudra l'appeller, aux systêmes que je propose. Mais s'il y trouve à redire, je le prie de ne s'en prendre qu'à la nécessité où il m'a mis, de tenir à son égard la même conduite qu'il a tenuë à l'égard de ceux, qui, avant lui, avoient agité les mêmes questions. Si nonobstant ma priere, il veut entrer en lice, je commence par reconnoître de bon-

ne foi, que j'ai à faire à forte
partie : Mais je me confole par
avance du fuccès du combat,
par la gloire qui me reviendra
toûjours de l'avoir engagé &
foûtenu.

Bien plus, je fuis en état de
lui prouver que, pofé les cir-
conftances des tems, il n'y a-
voit pour moi d'autre parti à
prendre, que celui que j'ai pris.
Son Ouvrage a paru dans le
tems même que je travaillois
aux préliminaires du premier
volume de l'Hiftoire des Gaules, que je me prépare à donner inceffamment. Je traitois
donc alors les mêmes matiéres.
Or d'un côté, toutes fes idées
croifent, je ne dis pas les miennes , mais celles que préfentent les plus précieux reftes de
l'antiquité. D'autre part, je ne
voulois, ni ne devois faire rien

perdre de leur prix à ſes idées.
Que pouvois-je alors faire de
mieux, que de les expoſer telles qu'il les a lui-même publiées,
& de les mettre vis-à-vis des
miennes? J'avouë que ces dernieres contraſtent avec les ſien-
nes ; mais le contraſte ſera toûjours à ſon avantage :

*C'eſt une ombre au tableau, qui lui donne du
luſtre.*

Sur ce pied, un procédé de
cette nature, mérite quelque
ſentiment de gratitude de ſa
part.

Ce détail, tout ſimple qu'il
eſt, met ſous les yeux du Lecteur ce qu'il doit s'attendre à
trouver dans l'Ouvrage que j'ai
l'honneur de lui offrir ; ſçavoir,
ce qu'il y a de vrai, ou du moins
de plus certain ſur nos Origines. Ce vrai & ce certain ſont
renfermés partie dans le pre-

mier volume du RECUEIL DES HISTORIENS DES GAULES ET DE LA FRANCE, qui paroît depuis quelques années, & partie dans l'assemblage des Auteurs, ou des passages des Auteurs qui ont été ômis, & que j'ai recueillis avec tout le soin qu'il m'a été possible : Assemblage au reste assez grand pour former seul un juste volume, lequel, avec celui qui a été imprimé, ne peut, & ne doit faire qu'un tout indivisible. Il a même cela de particulier, qu'étant composé d'Auteurs, ou de passages d'Auteurs, qui n'étoient point connus, il présente de notre Histoire les traits les plus curieux, les plus étendus, les plus certains, &, j'ose dire, les plus corrects.

Sur ce pied, on peut aujourd'hui se flatter d'avoir en abondance d'un côté les matériaux, qui, pour les tems anterieurs à l'établiſſement de la Monarchie Françoiſe, doivent entrer dans une Hiſtoire des Gaules auſſi intéreſſante, & auſſi ſuivie que l'Hiſtoire Grecque & l'Hiſtoire Romaine : & de l'autre, un riche fons, où un amateur de la gloire de la Nation découvre tous les jours quantité de veines & de rameaux, pour ainſi dire, de notre Hiſtoire, qui aïant été négligés, ou n'aïant pas été apperçus de ceux qui, avant moi, avoient couru la même carriere, ont donné lieu à une ample moiſſon d'anecdotes précieuſes & importantes.

En général toutes augmentent non-ſeulement d'une bonne moitié l'Hiſtoire des Gaules & des conquêtes des Gaulois, mais encore établiſſent une

liaifon intime enrre l'Hiftoire
de nos ancêtres , & celle de
prefque tous les peuples de
l'Europe, & mettent dans tout
fon jour la grande figure , que
les Gaulois ont faite dans l'Europe, dans l'Afrique , & dans
l'Afie.

En particulier quelques-unes
de ces anecdotes corrigent l'Hiftoire Grecque & l'Hiftoire Romaine en un très-grand nombre
de points effentiels : quelques
autres rétabliffent la Chronologie extrémement broüillée dans
prefque tous les Auteurs : quelques autres encore répandent
fur la Géographie des anciens
tout le jour , dont elle eft fuf-
ceptible : d'autres enfin déci-
dent de l'intelligence de quantité de paffages d'Hiftoriens
Grecs & Latins, qui n'avoient
jamais été entendus.

Ces Eclaircissemens renferment non-seulement les sémences, mais encore le fons, & une partie de ces trésors. Cependant ce qui les caractérise plus particuliérement, c'est l'origine des principaux anciens peuples de l'Europe, avec des preuves qui vont jusqu'à l'évidence, que la plûpart étoient des Gaulois transplantés, qui, en sortant des Gaules, avoient formé un million d'Etats séparés.

Ces peuples n'étoient donc pas Celtes ou Gaulois indépendamment de leur sortie des Gaules, comme l'ont crû Cluvier, D. Pezron, & le Sr Pelloutier. Le premier s'est figuré que la Celtique comprenoit l'Illyrie, la Germanie, les Gaules, l'Espagne, la Grande-Bretagne & l'Irlande : les deux autres ne gardant ni décence ni mesures,

ont cru qu'elle n'avoit presque
point d'autres bornes que celles
de l'Europe, & qu'elle s'étendoit même dans l'Asie.

Cluvier y a été de bonne foi:
il n'a été trompé, que parce que
les expressions de quelques anciens qu'il n'entendoit pas, lui
ont fait illusion. Il n'en est pas
tout-à-fait de même de D. Pezron & du Sr Pelloutier. Nouveaux Ixions, amoureux d'une
chimere qu'ils ont forgée &
grossie à l'envi l'un de l'autre,
ils font à pure perte des dépen-
ses pompeuses de galimatias &
de pots-pourris pour réaliser un
phantôme, qui n'a pas l'ombre
d'un être de raison. Qu'ils dai-
gnent aujourd'hui ouvrir les
yeux, ils verront qu'originairement il n'y a eu des Celtes que
dans la Celtique; que la Celtique d'abord consistoit unique-

ment dans cette troiſiéme partie des Gaules , qui s'étendoit
depuis le Rhin juſqu'à l'Ocean,
entre les monts de Vauge & la
Marne d'un côté , & le Rhône , les Cevennes & la Garonne de l'autre ; que les peuples ſortis en différens tems de
cette premiere enceinte , ont
communiqué le nom de Celtes
& de Celtique aux peuples &
aux contrées où ils ont été ſe
fixer; que le tems où ces grands
événemens ſe ſont paſſés, eſt an-
térieur à la connoiſſance qu'on
a euë des peuples & des régions , où les véritables Celtes
ſe ſont tranſplantés : enfin, que
le peu d'attention qu'on a fait
à ces importantes vérités , a précipité dans des erreurs mon-
ſtrueuſes ceux qui ont étendu
la Celtique au-delà de ſes ju-
ſtes & de ſes premieres bornes.

Quoique l'objet principal de cet Ouvrage ne foit pas de les fixer, on peut affûrer fans vanité, qu'il fert infiniment à les faire connoître.

Quant aux Origines que je donne aujourd'hui au Public, j'aurois bien voulu y faire entrer toutes celles qui font vraiment honneur à nos ancêtres : mais j'ai été obligé de me reftreindre au genre particulier de celles, que M. Gibert s'efforce d'introduire. Je m'étois même propofé de les placer avec les autres à la tête de l'Hiftoire des Gaules que j'ai annoncée ; mais quelques réflexions faites depuis, m'ont déterminé à les donner féparément, & à les faire fervir à preffentir le goût du public.

Je m'apperçois ici que j'ai dit à la page 130, que les femmes des Amnites célébroient les myſteres dans l'iſle de Sain. Comme cette iſle n'étoit poſſédée, que par neuf vierges Gauloiſes, qui y rendoient des Oracles, & y faiſoient des preſtiges qui leur attiroient un grand concours d'étrangers ; les femmes des Amnites occupoient une autre iſle, qui étoit au voiſinage de celle de Saiñ.

SOMMAIRES
DES CHAPITRES.

CHAPITRE I.

DES GALATES.

§. I. *LE nom de Galates a été d'abord propre aux seuls Gaulois, qui passerent de la Grèce dans l'Asie, quoique ce ne soit pas le premier nom qu'ils y ont porté. Il est vraisemblable que le nom de Galates est dérivé ou de celui d'un des Chefs, qui conduisirent les Gaulois dans l'Asie, ou du nom de la Province de l'Asie qu'ils occuperent.* p. 1

§. II. *Les Iberes n'étoient point*

CHAPITRE II.

DES HYPERBORE'ENS.

§. I. Poſidonius eſt le ſeul Auteur qui ait déſigné la Celtique par le païs des Hy-

CHAPITRE IV.

DE L'ORIGINE DES GAULOIS.

b

Gaules avant *Ariovifte*, n'é-
toient pas Germains. *La force*
avec laquelle les vrais Germains,
fous la conduite d'*Ariovifte*, fe
font établis dans les Gaules, fit
que les peuples d'au-delà du
Rhin qui avoient déja paffé,
ou pafferent depuis ce fleuve,
prirent le nom de Germains.
Avant l'entrée d'Ariovifte dans
les Gaules, les peuples d'au-
delà du Rhin n'étoient connus
que fous le nom de Suéves. Différentes entrées des peuples d'au-
delà du Rhin dans les Gaules.

CHAPITRE VII.

Les premiers Grecs qui ont pénétré en Efpagne, étoient les Rhodiens. C'eft le commerce feul,
qui les y a attirés. Les longs
vaiffeaux font de l'invention de
Danaüs.

CHAPITRE VIII.

CHAPITRE IX.

CHAPITRE X.

CHAPITRE XI.

DES GERMAINS.

CHAPITRE XII.

ANNALES DES QUATRE PREMIERS SIÉCLES DE L'HISTOIRE DES GAULES, ET DES CONQUESTES DES GAULOIS.

Fin des Sommaires.

TABLE

Des Auteurs cités dans cet Ouvrage.

A.

M.

O.

P.

T.

Fin de la Table des Auteurs.

ECLAIRCISSEMENS

ECLAIRCISSEMENS HISTORIQUES

SUR LA PLÛPART

DES ORIGINES

CELTIQUES ET GAULOISES.

CHAPITRE I.

DES GALATES.

§. I.

Le nom de Galates a été d'abord propre aux seuls Gaulois, qui passerent de la Gréce dans l'Asie, quoique ce ne soit pas le premier nom qu'ils y ont porté. Il est vraisemblable que le nom de

A

*Galates eſt dérivé ou de celui
d'un des Chefs, qui conduiſirent
les Gaulois dans l'Aſie, ou du
nom de la Province de l'A-
ſie qu'ils occuperent.*

Extrait
des Mé-
moires
pour ſer-
vir à
l'Hiſtoi-
re des
Gaules,
p. 4.

» I L n'en eſt pas de même
» de celui (du nom) des
» Galates. Il n'étoit cer-
» tainement particulier, ni
» à aucun peuple des Gaules, ni à
» aucun autre : mais on déſignoit
» également ſous ce nom les Belges,
» les Celtes & les Aquitains. «

Le nom de Galate a été certainement particulier aux Gaulois, qui,
de la Gréce, paſſerent dans l'Aſie
mineure, & s'y fixerent. Il eſt vrai
qu'ils porterent d'abord le nom de
Gallogrecs, comme S. Jerôme nous
l'apprend dans le Prologue du ſecond Livre de ſon Commentaire ſur
l'Epître de ſaint Paul aux Galates,
*Hinc utique Galatia provincia, in
quam Galli aliquando venientes, cum
Græcis ſe miſcuerunt. Unde primum ea
regio Gallogræcia, poſt Galatia nomina-*

En est. Mais ce tems fut si court, que
deux Auteurs contemporains, non-
seulement entr'eux, mais encore des
Gaulois mêmes, qui tenterent le paffage de l'Afie, donnent le nom de
Galates à ces Gaulois. Ces Auteurs
font Callimaque, dans fon Hymne
fur Delos; & Timée, cité par l'Auteur du grand Etymologicon. J'a-
vouë que dans la fuite quelques Auteurs moins exacts ont donné le nom
de Galates aux Gaulois de l'Europe, mais ce n'eft qu'improprement;
& ce qui le prouve, c'eft que les
bons Ecrivains ne parlent jamais, ou
prefque jamais, des Gaulois de l'A-
fie, que fous le nom de Galates.
D'où l'on pourroit conjecturer, que
ce nom leur eft venu, ou de quelqu'un de leurs Chefs, comme cela
eft arrivé à plufieurs autres bandes
de Gaulois, qui étoient fortis de leur
païs, ou de la province même de
l'Afie où ils s'établirent, qui peut-
être s'appelloit déja Galatie. Et ce
dernier fentiment me paroît plus
fondé que le premier; car nous avons
le nom des Chefs qui conduifirent

les Gaulois dans l'Afie ; & il eſt ai-
ſé de voir qu'il n'y en a aucun, qui
ſoit analogue à celui de *Galate*.

§ II.

Les Iberes n'étoient point Galates.

Là mê-
me.
» Erathoſténe y comprenoit mê-
» me tous les Ibériens, ou habitans
» de l'Eſpagne. «

Il ne ſert de rien à l'Auteur moderne qu'Erathoſténe comprît tous
les Iberes, ou habitans de l'Eſpagne,
ſous le nom de Galates ; puiſque Strabon, qui nous l'apprend, ſoûtient
non-ſeulement qu'Erathoſténe, en le
faiſant, ne ſçavoit ce qu'il faiſoit ;
mais encore que Polybe, avant lui,
avoit relevé cette faute. Voici le
paſſage Latin de Strabon, tout brouil-
lé qu'il eſt : *Rurſùs hoc quoque verè
pronunciat (Polybius) Erathoſtenem
eſſe rerum Hiſpanicarum ignarum, qui
uſque ad Gades in ora Hiſpaniam à
Gallis incoli dicens (ſi quidem Galli oc-
cidua Europæ uſque ad Gades incolunt)
horum oblitus in Hiſpania deſcribendo*

circuitu, nullam facit Gallorum mentio-
nem. Strab. l. 11. pag. 107.

§. III.

Comme des trois peuples des Gau-
les, les Celtes étoient les seuls
connus, ils communiquerent leur
nom aux Belges & aux Aqui-
tains. Il n'y avoit dans les Gau-
les de vrais Galates, que les
Aquitains & les Belges.

Strabon en fait le véritable nom «
générique de tous ceux que l'i- «
gnorance, ou un usage grossier, «
avoit fait appeller Celtes. «

Là mê-
me.

Bien loin que Strabon fasse du
nom de *Galates* le nom générique de
tous les peuples, que l'ignorance ou
un usage grossier avoit fait appeller
Celtes ; il dit seulement que les habitans de la Narbonnoise, qui de tous
les peuples des Gaules étoient les
véritables Celtes, avoient, soit par
l'éclat de leur nom, soit par leur
voisinage de Marseille, avoient,
dis-je, porté les Grecs à donner à

A iij

tous les Galates le nom de Celtes.

Ταῦτα μὲν ὑπὲρ τῶν νεμομένων τὴν Ναρβωνῖτιν ἐπικρατείαν λέγομεν, ὡς οἱ πρότερον Κέλτας ἐνόμαζον. ἀπὸ τέτων δ᾽ οἴμαι καὶ τὸς σύμπαντας Γαλάτας Κελτὸς ὑπὸ τῶν Ἑλλήνων προσαγορευθῆναι, διὰ τὴν ἐπιφάνειαν ἢ καὶ προσλαβόντων, πρὸς τῦτο καὶ τῶν Μασσαλιωτῶν, διὰ τὸ πλησιοχωρεῖν. Strab. l. IV. p. 18. Selon l'Auteur de toute l'antiquité, qui a le mieux connu les Gaules & les Gaulois, il n'y avoit donc dans les Gaules de Galates, que ceux que les Romains nous ont fait connoître sous le nom de Belges & d'Aquitains : car il n'est question que de ces peuples dans ce passage. Or Strabon n'appelle *Galates* ces peuples, que parce que ce mot répond exactement à celui de *Galli*, ou Gaulois, que les Romains leur donnoient. Encore Strabon ne traite-t'il les Belges & les Aquitains de *Galates*, que parce qu'il écrivoit depuis la division qu'Auguste avoit fait des Gaules, par laquelle ce Prince y avoit étendu ou rétréci les anciennes bornes de la Celtique, de la Belgique, & de l'Aquitanique ; ce qui contribua le plus à confondre les peuples de ces trois parties des Gaules, & à les comprendre tous fous le nom de Ga-lates, ou Gaulois; parce que les Romains, qui régloient le langage de ces tems, le leur donnerent indifféremment : ce qui n'avoit point été pratiqué jufques-là.

§. IV.

Il eft vifible que le Latin Gallus, *& le Grec* Galate, *ont une mê-me origine & la même fignifi-cation.*

» Il n'y a ni reffemblance, ni « P2g. 5: analogie entre ces deux noms, « Γαλάται & *Galli.* «

L'Auteur moderne fe trompe certainement. Il n'eft point de médio-cre Grammairien, qui ne trouve dans l'un de ces deux noms les lettres ca-ractériftiques de l'autre. Il eft vrai qu'on n'a pû encore en découvrir la force originale & primitive : mais tous les Sçavans conviennent que *Kelt* ou *Kelet*, *Gallus* & *Galata*, font

A iv

dans leur origine un même mot, &
ont la même signification.

§. V.

*L'origine que différens Auteurs
produisent séparément des Celtes & des Galates, est de l'invention des Grecs. Jusqu'à Cé-
sar, il n'y eut que les habitans
de la troisiéme partie des Gaules
appellée Celtique, qui fussent
connus. La distinction entre les
trois différens peuples des Gaules, n'a été observée que pendant
un tems fort court. Epoque du
nom de Galate.*

Pag. 6; „ S'ils (les Grecs) n'eussent pas
„ mis de la différence entre les Cel-
„ tes & les Galates ; ils ne leur
„ auroient pas certainement donné
„ des peres différens ; & par consé-
„ quent, les *Galli* des Latins, qui
„ n'étoient proprement que les Cel-
„ tes, ne doivent pas être toûjours

confondus avec les Galates des «
Grecs. «

Il ne faut point avoir recours à la
différente origine, que les Grecs donnoient ſéparément aux Celtes & aux
Galates, pour établir la différence
que les Grecs mettoient entre ces
peuples; puiſqu'outre que cette origine eſt fabuleuſe, & purement de
l'invention des Grecs, elle eſt encore poſtérieure à l'arrivée de Ceſar
dans les Gaules, qui eſt l'époque où
l'on a commencé à connoître les
Gaules. Juſques-là les Romains,
quoiqu'ils fûſſent en poſſeſſion depuis aſſez long-tems de leur *Provincia*, ne connurent de tous les peuples
des Gaules, que les ſeuls Celtes,
qu'ils appelloient *Galli* : & voilà
pourquoi ils étendoient indifféremment ce nom aux Aquitains & aux
Belges, ſans ſçavoir même ſi ces
peuples exiſtoient.

La diſtinction des Celtes d'avec
les autres peuples des Gaules ne du-
ra pas long-tems, même parmi les
Romains, à cauſe de la nouvelle di-
viſion que j'ai dit qu'Auguſte fit des

Gaules, quand il fut une fois paifi-
ble poffeffeur de l'Empire. Ainfi le
torrent des Auteurs Latins recom-
mença bien-tôt à ne plus obferver la
diftinction que Cefar, Hirtius, &
quelque autre Ecrivain femblable,
avoient marquée entre les peuples
des trois différentes parties des Gaules. Selon quoi les Aquitains & les
Belges furent qualifiés de *Galli* ;
quoiqu'ils ne fûffent pas Celtes, lefquels feuls étoient les véritables
Galli des Romains.

Quant aux Grecs, il eft bien vrai
qu'ils ont donné aux Gaulois le nom
tantôt de Celtes & tantôt de Galates ; mais ce n'eft que poftérieure-
ment à l'expédition des Gaulois dans
l'Afie ; car avant ce grand événement, on ne trouve nulle part le nom
de Galates. En effet, Platon, Ariftote, Scylax & les autres Auteurs
de la premiére antiquité, ne parlent
des Gaulois, que fous le nom de
Celtes. Si donc, après l'établiffement des Gaulois dans l'Afie, les
Grecs ont traité les Gaulois de l'Europe quelquefois de Celtes, & quel-

quefois de Galates ; c'eſt que tantôt
ils les appelloient du nom qui leur
étoit propre , & tantôt ils leur tranſ-
portoient le nom qu'ils donnoient
aux Galates, qu'ils ſçavoient être
ſortis d'eux. Chercher une autre raiſon de cette différente dénomination,
c'eſt courir après l'ombre & laiſſer
le corps.

§. VI.

Examen d'un paſſage conſidérable
de Diodore de Sicile , où il eſt
parlé des Galates. Ce paſſage
ou eſt corrompu, ou Diodore n'a-
voit aucune teinture de l'Hi-
ſtoire des Gaulois. Le nom de
Galates n'étoit point en uſage
lors de la guerre, qu' Alexandre
porta dans la Thrace. Les Gau-
lois étoient fort connus des Grecs
& des Romains pluſieurs ſiécles
avant cette guerre. Les Gaulois
ont pénétré dans l'Aſie dès le
tems d'Alexandre.

» Il ne fera pas hors de propos de
» rapporter ici en entier un paffage
» de Diodore au fujet dès Peuples,
» dont nous parlons, que l'on a cri-
» tiqué, peut-être fans fondement. «

Le paffage de Diodore de Sicile
a été critiqué avec fondement ; &
rien n'eft plus aifé que de faire voir,
ou que le texte de Diodore de Sicile
eft corrompu, ou que Diodore n'a
pas eu la moindre teinture de l'Hiftoire des Celtes, ou Galates. Je ne
perdrai point de tems à prouver la
premiere partie de mon dilemme :
J'ay été prévenu par Cluvier & par
quelques autres Sçavans, qui l'ont
mife en évidence. Je viens donc tout
d'un coup à la feconde ; parce qu'outre qu'elle feule tranche la difficulté, elle renferme encore la preuve
de la premiére, ou du moins l'équi-
valant.

Diodore dit, que la premiére année de la cent quatorziéme Olympiade, qui eft la quatre cent trentié-
me de la fondation de Rome, fut célébre par le grand nombre de peuples de prefque tout le monde connu,

qui envoïerent des Ambaſſadeurs à
Alexandre. *Les Illyriens en étoient*,
ajoûte-t'il, *les Adriatiques auſſi* , *de
même que les Thraces* , *& les Galates
leurs voiſins :* *& c'eſt pour la premiére
fois que ces derniers ſe firent connoître
aux Grecs.* Diod. Sic. L. xvij, p. 579.
Il y a deux fautes énormes dans ce
peu de paroles ; l'une regarde le nom
de Galates ; l'autre attaque le fond
de l'Hiſtoire des Grecs & des Celtes.

Pour mettre la premiere dans tout
ſon jour, il ſuffit de rapprocher deux
époques différentes : l'une eſt celle
de la députation même, dont parle
Diodore ; l'autre eſt celle qui a donné
naiſſance au nom de Galate. Tous les
Auteurs, anciens & modernes, conviennent que c'eſt l'année même que
Diodore a marquée, qu'Alexandre
reçut le grand nombre de députés
dont il s'agit. D'autre part il eſt certain, que le terme de Galate n'a été
emploïé que depuis le paſſage des
Celtes ou Gaulois dans l'Aſie. Ce
paſſage eſt fixé à l'an 475 de Rome.
Donc ce ne ſont point les Galates,

ainſi que le dit Diodore, qui ont
envoïé rendre hommage à Alexandre. Les Galates n'exiſtoient point
encore. On auroit beau dire que les
Galates , depuis leur exiſtence ,
avoient une même origine que les
Celtes. Le terme de *Galates* ſuppoſe
néceſſairement le paſſage de la nation
en Aſie : & ainſi il n'eſt point permis de confondre le terme de Galate
avec celui de Celte , ni de s'en ſervir
au lieu de l'autre.

Il n'eſt pas moins certain, que les
Celtes , ou Gaulois , ont été connus
de tout tems des Grecs.

Les Rhodiens ſont venus dans les
Gaules , & ont bâti Rhode à l'embouchure du Rhône, pluſieurs années
avant l'établiſſement des Olympiades. *Strab. l.* 14, *p.* 654.

Les Phocéens , peuple de l'Aſie
mineure, abordent dans la Ligurie
Tranſalpine, font alliance avec les
Liguriens , & fondent Marſeille cent
vingt ans avant la bataille de Salamine, c'eſt-à-dire, l'an 154 de Rome. *Scymus Chiu. in Peripſo, vers* 102.
Scylax ibid. p. 4. *Tit. Liv. l. v. c.* 34.

Justin l. xliij, c. 3. Steph. Byf. &c.

D'autres Phocéens viennent cinquante-deux ans après fe joindre aux premiers. Au moïen de ce renfort, les Marfeillois envoïent des colonies en plufieurs endroits des Gaules & d'Efpagne. *Herodot. l. 1, c. 164. Ammian. Marcel. l. xv, c. 9. Aulus Gell. l. x, c. 16.* &c.

L'an 225 de Rome les Senonois paffent le Pô, s'établiffent en divers endroits d'Italie, principalement dans la grande Gréce. *Appian. Annibal. p. 318. Diod. Sic. l. xiv, p. 321. Juftin. l. xx, c. 5.*

Cinq ans après, Pythagore vint fe rendre difciple des Druides des Gaules. *Clement. Alexandr. Stromat. l. 1. p. 304. B.*

L'an 273 de Rome, les Gaulois entrent au fervice des Carthaginois, pour faire la guerre aux Grecs de la grande Gréce. *Diod. Sic. l. xj. p. 1 & 16.*

L'an 363 de Rome, les Gaulois de la grande Gréce font alliance avec Denys l'ancien, Tyran de Syracufe, qui étoit une Colonie de

Corinthe. *Juſtin. l. xx. c. 5.*

L'an 385, Denys l'ancien envoïe au ſecours des Lacédémoniens cinq mille cinq cens hommes, tant Gaulois qu'Eſpagnols, qui font lever le ſiége de Corinthe, attaquée par les Béotiens. *Xenoph. l. viij, p. 617. Diod. Sic. l. xv. p. 381.*

L'année ſuivante, Ciſſidas conduit, par ordre de Denys encore, un autre renfort dans la Gréce, compoſé de ſeuls Gaulois, qui aide à la priſe de pluſieurs villes, & ſur-tout au gain de *la Bataille ſans larmes. Xenoph. l. vij. p. 619. & alii.*

L'an 412 de Rome, les Gaulois ſe mettent à la ſolde des Carthaginois, & vont faire la guerre en Sicile contre les Colonies Grecques. Timoléon envoïé par les Corinthiens au ſecours de Syracuſe qu'ils avoient fondée, les défait. *Diod. Sic. l. xvj, p. 466. Plutarc. Timol. t. 1, p. 247. & ſeq.*

Quelque cinq ans aprés, ſur la fin de l'expédition qu'Alexandre fit dans la Thrace, avant que d'entreprendre la conquête de l'Aſie, des députés

des Gaulois qui habitoient le long
des côtes de la mer Adriatique,
viennent trouver ce Prince, & lui
propofent un traité d'alliance avec
leur nation. Alexandre leur fait un
bon accueil & les reçoit à fa table.
Quand tout fut réglé, il leur deman-
da qu'eft-ce qu'ils craignoient le plus.
Que le Ciel ne tombe, reprirent-ils ;
ce qui ne nous empêche point de faire cas
d'un Prince comme vous. Arrian. ex-
pedit. Alex. l. 1, p. 3. Strab. l. vij,
p. 302.

A ces événemens, tous antérieurs
à celui dont parle Diodore de Sicyle, il faut joindre trois réflexions,
qui nous en fourniffent un bien plus
grand nombre : la première a pour
objet les traits en abondance fur les
mœurs, la taille, la valeur, le génie,
la manière de combattre, & le païs
des Celtes, qui fe lifent dans les écrits
d'Herodote, de Scylax, de Platon,
d'Ariftote, d'Efchyle, Auteurs plus
anciens qu'Alexandre.

La feconde regarde la quantité de
Colonies de Celtes, répanduës dans
l'Illyrie, dans la Pannonie, au pied

du mont Hemus, le long & à l'embouchure du Danube, & dans la
Thrace; & par conséquent au voisinage de la Grèce, plus d'un siécle
avant celui de la mort d'Alexandre.

La derniére renferme une anec-
dote, dont personne que je sçache
n'a parlé: c'est que les Celtes,
ou Gaulois, ont fait des irruptions,
& même la guerre dans l'Asie, bien
plutôt qu'on ne le dit ordinairement.
En effet, on trouve dans Plutarque
& dans Stobée, qu'un Brennus,
inconnu jusqu'ici, s'étoit rendu maître d'Ephèse du vivant d'Alexandre.
Les successeurs de ce Prince, tous
ennemis les uns des autres, ont pris
des Gaulois à leur service, & ne se
sont affermis sur le trône qu'ils ont
usurpé, que par leur secours. Enfin
l'Auteur du second Livre des Ma-
chabées fait foi, que vers l'an 442
de Rome, il y avoit six vingt mille
Gaulois à Babylone. Dira-t'on après
cela, que les Gaulois n'ont été connus des Grecs que l'année même de
la mort d'Alexandre; & que Diodore de Sicyle a sçû faire la distinc-

tion des vrais Celtes de ceux qui n'en
avoient que le nom?

§. VII.

Quelques Historiens postérieurs
n'ont qualifié de Celtes les peu-
ples de la Germanie, que de-
puis que les Romains eurent éta-
bli, que le Rhin serviroit de
barriére aux peuples d'en-deçà
& d'au-delà du Rhin.

» Si Appien & Dion Cassius, où «
d'autres, ont appellé depuis Celtes «
les peuples d'au-delà du Rhin, c'est «
en se conformant, comme l'avouë «
Dion, à cet usage très-ancien, «
πάιν ἀρχαῖω, qu'ils auroient peut- «
être moins goûté, s'ils eussent «
fait attention qu'en matiére de «
Géographie, les nouvelles dé- «
couvertes, que font des Voya- «
geurs exacts, sont plus sûres que des «
vieilles opinions, qui ne naissent «
que de l'ignorance, ou qui ne sont «
bâties que sur des conjectures. «

Le principe de l'Auteur moderne
est excellent; mais il n'en sçauroit ti-

Pag. 12;

rer aucun avantage. Pour y parve-
nir, il faudroit qu'il prouvât qu'au
tems dont il parle, *des Voyageurs*
exacts eûffent fait en matiére de Géo-
graphie, de nouvelles découvertes
touchant les peuples d'au-delà du
Rhin : & c'eft ce qu'il ne fait
point, & ce qu'il ne fçauroit faire. Le πάιυ ἀρχαῖον de Dion Caffius
eft donc ici un hors-d'œuvre, qui ne
fait quoique ce foit à la queftion. On
peut en juger ; voici les paroles de
cet Auteur : *Le Rhin*, dit-il, *fert de*
bornes aux Gaules & à la Germanie, de-
puis que les peuples de l'une & de l'autre
région ont chacun leur nom. *Car*, DE
TOUTE ANTIQUITÉ, *les peuples d'en-*
deçà & d'au-delà du Rhin étoient égale-
ment qualifiés du nom de Celtes. Dio,
lib. 39, p. 127. Le nom différent
dont parle Dion, qu'on donnoit d'un
côté aux peuples des Gaules, & de
l'autre aux peuples de la Germanie,
bien loin d'être fondé fur quelque
nouvelle découverte, qu'on eût faite
de leur différente origine, venoit
uniquement de la politique des Romains, qui avoient établi que le

Rhin ſerviroit de barriére aux peuples d'en-deçà & d'au-delà de ce
fleuve. Cette barriére a fait donc perdre de vûë l'origine commune des
deux peuples, & a donné lieu au différent nom qu'ils ont porté depuis.

§. VIII.

Vrai ſens d'un paſſage de Ceſar.
Les Romains ont rendu le mot
Celta *par celui de* Gallus.

» Quant au nom des Gaulois, « Pag. 16.
Galli, il ſemble que l'on ne doive «
en chercher l'étymologie que dans «
le Latin, puiſque ce nom leur étoit «
donné par les Romains en leur lan- «
gue : *Noſtrâ Galli appellantur.* «

Je ne ſçaurois me perſuader que
noſtrâ Galli appellantur, veuille dire
que les Romains ont donné aux Celtes le nom de *Galli* ; je croirois plutôt que ces mots ſignifient, que *les*
Romains ont rendu le Celta *des Gaulois*
par le Latin Galli, qui étoit analogue à leur langue & à leur prononciation, & avoit par conſéquent la
même origine.

§. IX.

Idées fausses sur l'origine du nom Latin, que les Romains ont donné aux Celtes, ou Gaulois.

Pag. 20. „ Cependant si l'on pouvoit croi-
„ re que Cesar s'est trompé sur la vé-
„ ritable nature du mot *Galli*, ou
„ même si l'on peut dériver un nom
„ Latin de l'Hébreu, aucune étymo-
„ logie ne seroit peut-être plus vrai-
„ semblable, que celle que l'on en
„ trouveroit dans Galil, *limes, confi-*
„ *nium, diverforum,* dit Buxtorf, *termino-*
„ *rum convolutio & concurfus ;* le païs
„ des Celtes en effet étoit situé à
„ l'extrémité de l'Europe, du côté
„ du couchant : Ἔχατος πρὸς τῶ ἡλίο δυσ-
„ μέωντῶι, ἐν τῇ Εὐρώπῃ. Il en étoit la
„ borne, & celui où tous les autres,
„ aboutissoient, pour ainsi dire. Cette
„ étymologie assez simple sans dou-
„ te, & assez facile, rempliroit par-
„ faitement l'idée que les anciens
„ avoient de la position de la Celti-
„ que. „

On ne croit pas que Cesar se soit

trompé ; on croit plutôt que ceux-
là se trompent, qui croïent,

1°. Que par ces mots, *noſtrâ Galli
appellantur*, Ceſar a voulu inſinuer
que le nom *Galli* a été *donné aux Celtes par les Romains en leur langue.*

2°. Que les Romains ont donné
aux Celtes le nom de *Galli*, à cauſe
de *la couleur rouge de leurs cheveux &
de leurs habits.*

3°. Que les mêmes Romains ont
appellé *Galli* les Prêtres de Cybéle,
parce qu'ils affectoient le rouge dans
les ornemens de leurs vêtemens; tandis qu'on ſçait, que ces miſérables
Prêtres tiroient leur nom d'un fleuve, ou riviére de Phrygie, appellée
Gallus.

Cur igitur Gallos, qui ſe excidére vocamus,
   Cum tanto Phrygiâ Gallica diſtat humus?
Inter, ait, viridem Cibelen, altaſque Celenas
   Amnis it inſanâ nomine Gallus aquâ.
*Qui bibit inde furit; procul hinc diſcedite,
   queis eſt*
Cura bonæ mentis : qui bibit inde furit.

      Ovid. Faſt. lib. IV, c. 316.

4°. Enfin, que pour trouver la

force du mot *Celte*, on peut dériver
de l'Hébreu *Galil* le mot Latin qui y
répond, & prendre pour la vraie fi-
gnification du mot *Celte*, celle que
l'Hébreu *Galil* préfente : fans faire
attention, qu'outre que le mot *Celte*
n'a pû paffer dans la langue des Romains fans s'altérer & fe corrompre;
il n'eft venu jamais dans l'efprit des
Romains de recourir à l'Hébreu
pour défigner les Celtes par un nom,
qui marquât la fituation de leur païs;
étant conftant que lors de la premiére connoiffance que les Romains eurent des Celtes, ils ne fçavoient ni
quel peuple c'étoit, ni de quel pays
il venoit. Ainfi ils furent obligés
de former le nom Latin qu'ils leur
donnerent, non fur la pofition du
païs dont les Celtes étoient originaires, mais fur le nom même qu'ils fe
donnoient. Ajoûtez, que les premiers
Gaulois qui vinrent à la connoiffance
des Romains, étoient établis en Italie
depuis environ deux cens ans entiers.
Si donc l'on fuppofe que les Romains
ont formé le nom Latin, qu'ils ont
donné aux Gaulois pour la premiére
fois,

fois, fur la pofition de leur païs ;
il eft vifible qu'ils n'ont pû leur en
donner d'autre, que celui qu'ils donnoient aux Italiens en général : ce
qui eft auffi abfurde, qu'infoûtena-
ble.

§. X.

Le nom de Galate doit fans dou-
 te fon origine à cette province
 de Bithynie, dont les Gaulois
 qui s'établirent dans l'Afie fi-
 rent le fiége de leur Empire.
 Long-tems avant Cyrus, les
 Grecs étoient venus en Italie,
 dans les Gaules & en Efpagne.

» Je paffe au nom de Galates. . . «
J'adopterois donc plus volontiers «
l'opinion que je vais expofer. Elle «
dérive le nom, dont il s'agit, de «
l'Hébreu *Galata*, qui fignifie, *tene-* «
bra, *caligo*, *vefper.* En effet, non- «
feulement les Anciens regardoient «
les pays Septentrionaux & Occi- «
dentaux de l'Europe, comme cou- «
verts d'épaiffes ténebres : *Pars mun-* «
di, dit Pline, *damnata à naturâ re-* «

Pages 20
& 21.

B

„ *rum* , & *densâ mersâ caligine* , où
„ suivant l'expression de Tibulle :

„ *Illic & densâ tellus absconditur umbrâ.*

„ Mais même ils ne désignoient fou-
„ vent ces régions, que par *les téné-*
„ *bres* , ou *l'obscurité :* ainsi Homére
„ chez les Latins Stace..... En un
„ mot, personne n'ignore que l'on
„ avoit originairement appellé Hes-
„ perie tous les pays Occidentaux de
„ l'Europe, depuis & compris l'Ita-
„ lie ; nom qui n'est que la simple
„ traduction de notre *Galata.* Je ne
„ doute donc pas que ce dernier n'ait
„ exprimé l'Occident & le Septen-
„ trion chez les Phéniciens, comme
„ ζόφος chez les Grecs, ou *Vesper* chez
„ les Latins, d'autant plus que les
„ Arabes appellent les mers du nord,
„ les mers ténébreuses, comme l'a
„ remarqué Bochart : en sorte que
„ les Galates n'auront été ainsi nom-
„ més par les Navigateurs Phéni-
„ ciens, qu'à cause de leur position,
„ comme nous dirions les Peuples
„ Occidentaux, ou Septentrionaux,
„ &c. Des Phéniciens, qui certai-
„ nement découvrirent les premiers

cette partie de l'Europe , ce nom «
aura paſſé chez les Grecs par le «
commerce : car ceux-ci ne voya- «
gerent ſi loin , qu'aſſez peu de tems «
avant Cyrus. «

Que d'érudition perduë ! Le nom
de *Galate* n'eſt point de la façon des
Phéniciens , ni n'a été inventé pour
déſigner un peuple Septentrional ,
ou Occidental. Il eſt né dans quelque coin de la Bithynie , comme je
l'ai déja dit ; & il a été d'abord con-
ſacré pour déſigner uniquement les
Celtes ou Gaulois d'Orient : mais
inſenſiblement les Grecs s'en ſont
ſervis en parlant des Gaulois d'Occident. Voilà tout ce qu'il y a à dire
de certain & de curieux ſur ce mot.

Au reſte , je ne ſçaurois être du
ſentiment de l'Auteur moderne ,
quand il dit que *les Grecs ne voïage-
rent ſi loin , qu'aſſez peu de tems avant
Cyrus.* Strabon m'apprend que *bien
des années avant l'établiſſement des Olympiades* , les Rhodiens avoient parcou-
ru toutes les côtes de la mediterranée de notre Occident , & qu'ils a-
voient fondé *Rhode* à l'embouchure

*Lib.
xiv. pag.
654.*

B ij

du Rhône, Rozes en Espagne, Par-
thenope dans la Campanie , Elpias
dans la Daunie, ou la Poüille, &
quantité d'autres Villes en Europe.
Or comme on place le commencement du regne de Cyrus à la seconde année de la cinquante-cinquiéme
Olympiade, il est visible que les
Grecs voïageoient jusqu'aux colonnes d'Hercule, & dès-là , selon les
anciens, jusqu'aux extrémités de la
terre, plus de deux-cent cinquante
ans, avant le tems marqué par l'Auteur moderne.

CHAPITRE II.

DES HYPERBORE'ENS.

§. I.

Posidonius est le seul Auteur qui
ait désigné la Celtique pour le
païs des Hyperboréens.

Pag. 24. „ L'ON ne sçauroit nier , que
„ plusieurs Ecrivains n'ayent dé-
„ signé plus particulierement la Cel-
„ tique par le pays des Hyperbo-
„ réens.

Non-seulement on peut nier, mais on nie effectivement, que plusieurs Ecrivains ayent désigné plus particuliérement la Celtique par le païs des Hyperboréens : car ces *plusieurs Ecrivains*, dont parle l'Auteur moderne, se réduisent au seul Posidonius, ainsi que je le ferai voir bientôt : & Posidonius ne sçauroit être d'aucune autorité dans l'espece particuliere.

§. II.

Aucun ancien n'a prétendu ni insinué, que les Hyperboréens fûssent une nation entiere de Prêtres consacrés à Apollon. Les Classes dans lesquelles les Gaulois étoient distribués, & le culte qu'ils rendoient à Mercure, prouvent invinciblement que les Gaulois n'étoient point les Hyperboréens.

Tous ceux qui ont employé ce « nom (d'Hyperboréens) dans quel- « que sens qu'ils l'ayent pris, l'ont « emprunté des Jerophantes, ou «

Pag. 24.

B iij

» Théologiens de Delos, qui en é-
» toient les auteurs, & qui s'en fer-
» voient pour désigner mystérieuse-
» ment une nation entiere de Prêtres
» consacrés à Apollon. »

· L'Auteur moderne s'apperçoit-il
qu'en disant, que le nom d'Hyperboréens est de l'invention des Hiero-
phantes, ou des Théologiens de Delos, l'existence des Hyperboréens,
sur laquelle Messieurs les Abbés Gedoyn & Banier n'avoient aucun doute, devient aussi fabuleuse, que la région où les anciens disoient qu'ils
faisoient leur séjour? Rompre en vi-
siere à des Auteurs si accrédités, c'est
de gaïeté de cœur vouloir s'attirer sur
les bras des Sçavans, dont les uns vivent encore, & les autres respectent
leurs cendres. Mais où l'Auteur moderne a-t'il lû quoi que ce soit, qui insinuë, même de loin & foiblement, que
par le terme d'Hyperboréens, on désignoit mystérieusement une nation
entiere de Prêtres consacrés à Apollon? En supposant même que les Hyperboréens fûssent une nation entiere de Prêtres telle qu'on dit, quelle

trace trouve-t'on d'une pareille nation dans la Celtique ? Les habitans
de la Celtique, ainsi que tout le monde sçait, étoient distribués en trois
classes, en celle des Druides, en
celle des Chevaliers, & en celle du
Peuple : il est vrai que cette derniere
n'étoit comptée pour rien. Les Druides seuls étoient chargés de tout le
détail de la religion. Apollon étoit
bien du nombre des Dieux, que les
habitans de la Celtique honoroient ;
mais le culte qu'ils lui rendoient étoit
subordonné à celui qu'ils rendoient
à Mercure. Donc la Celtique n'étoit
point le païs des Hyperboréens, ni
les Celtes cette nation entiere de Prêtres consacrés à Apollon.

§. III.

De quelle maniere les Hyperbo-
réens faisoient tenir leurs présens
à Delos. Route que ces presens
tenoient. Tous les Auteurs mar-
quent à peu près la même route.
Cette route étoit d'abord du sep-
tentrion au couchant, & ensui-

te du couchant au midi, en décli-
nant vers l'Eſt. Les préſens des
Hyperboréens n'approchoient ja-
mais des Gaules plus près, que
du Golfe Adriatique. Herodote
place les Hyperboréens à l'ex-
trêmité du Nord, & Callima-
que dans l'Orient.

Pag. 25. » Quant à la ſituation de leur pays,
» elle réſulte du chemin qu'il falloit
» tenir pour aller de ce pays à De-
» los : on en trouve la deſcription
» dans les Hymnes de Callimaque,
» & plus éxactement encore dans le
» quatriéme Livre d'Herodote, qui
» s'en étoit fait inſtruire à Délos. On y
» voit que *de l'Occident le plus éloigné,*
» *les offrandes des Hyperboréens étoient*
» *portées au golfe Adriatique ;* que de-
» là, tournant au midi, elles étoient
» remiſes aux Dodonéens, les pre-
» miers des Grecs qui les reçûſſent ;
» qu'enſuite ayant traverſé les mon-
» tagnes, le golfe Meliaque & l'Eu-
» bée, elles étoient renduës à De-
» los. »

Je ſçai que Pauſanias change en- « Pag. 26.
tierement cette route ; il ſuppoſe «
que Sinope, ville de l'Aſie mineu- «
re ſur le Pont-Euxin, étoit la pre- «
miere ville Grecque où l'on abor- «
doit ; de-là, ſelon lui, on paſſoit «
dans l'Attique, & enſuite à Delos. «
Mais, &c. »

　Puiſqu'il faut donc s'en tenir à « Pag. 27.
Callimaque & à Herodote, il eſt «
évident, par ce que j'en ai rappor- «
té, que la direction du chemin «
dont il s'agit, juſqu'au golfe A- «
driatique, eſt de l'Oüeſt à l'Eſt ; «
or il eſt inconteſtable que cette di- «
rection ne peut partir que dès Gau- «
les, & principalement des contrées «
les plus Occidentales de ce pays, «
qui ſe terminoient à l'Océan. «

　Il faut que l'Herodote de l'Auteur moderne ſoit entiérement différent des Herodotes de toutes les Bi-
bliotheques de l'Univers, s'il eſt vrai
qu'on y liſe que *de l'Occident le plus*
éloigné, les offrandes des Hyperboréens
étoient portées au golfe Adriatique. Je
trouve au contraire dans le mien,
Liv. iv. c. 33. pag. 235. que *les pré-*

B v

fens dont il s'agit, *étant remis entre les
mains des Scythes*, *les Scythes les con-
fioient à d'autres peuples*, *& ces autres
peuples à d'autres peuples encore*, *& ainfi de fuite*, *jufqu'à ce que ces prefens
fùffent arrivés au golfe Adriatique*, *qui
eft fi loin*, *où fi* avant *dans l'Occident*.

Et en effet, le golfe Adriatique
étoit au couchant des Hyperboréens;
mais il n'étoit pour eux, ou pour
leurs Commiffionnaires, qu'une efpece d'entrepos, où les uns & les autres
n'arrivoient, qu'après avoir traverfé des régions immenfes enfoncées
dans le nord. A cet entrepos les Hyperboréens, ou ceux qui étoient
chargés de leurs offrandes, s'embar-
quoient & fe rendoient à Delos, tantôt par mer, & tantôt par terre. Ainfi la direction du chemin que faifoient
les préfens des Hyperboréens, étoit
d'abord du nord au couchant, & enfuite du couchant au midi, en décli-
nant vers l'eft. Que l'Auteur moderne décide à préfent, fi cette direction quâdre avec la pofition de la
Celtique, & principalement avec les
contrées les plus Occidentales de ce

païs, qui se terminoient à l'Océan ;
& qu'il nous dise si les habitans de la
Celtique, *principalement des contrées
les plus Occidentales de ce pays*, qui auroient eu à faire à Delos, au lieu de
s'embarquer à Marseille, ou à quelque autre port des environs, auroient
pris le plus court & le plus droit che-
chemin en allant par terre au golfe
Adriatique, afin de s'y embarquer,
& de-là se rendre à Delos.

Les observations que je viens de
faire, font voir que l'Auteur moderne s'est persuadé trop légerement,
que Pausanias change la route qu'Herodote fait faire aux présens des Hyperboréens, tandis que les trois premiers quarts du chemin assignés par
Pausanias, sont exactement les mêmes qui sont marqués par Herodote.
A Prasies, dit Pausanias, il y a un «
temple où l'on tient que les Hyper- «
boréens envoïent leurs offrandes : «
car ils les donnent aux Arimaspes, «
ceux-ci les remettent aux Issedons, «
& les Issedons aux Scythes, qui «
les portent à Sinope, où les Grecs «
qui y commercent s'en chargent jus- «

Pausan.
l. 1. pag.
59.

B vj

» qu'à Prafies , d'où les Athéniens
» ont foin de les envoïer à Délos. »
De même Herodote , avant que d'en-
tamer la defcription du chemin , que
les Hyperboréens ou leurs préfens
faifoient de l'extrémité du Nord jufqu'à Delos , dit en termes exprès ,
que de tous les peuples de la terre les
Hyperboréens font les plus Septentrionaux ; qu'en-deçà d'eux habitent

Herodot.
l. iv. c.
13. les Arimafpes , puis les Iffedons , &
enfuite les Scythes. Après quoi , com-
mençant un peu plus bas l'Itineraire
dont il s'agit , il dit que les Scythes
confient les préfens des Hyperboréens à leurs plus proches voifins , &
ceux-ci à d'autres , en avançant toujours de proche en proche , jufqu'à
ce qu'ils arrivent au golfe Adriatique , qui eft bien avant au couchant.
L'Itineraire de Paufanias eft donc
mot pour mot le même que celui
d'Herodote , jufqu'à la Scythie in-
clufivement. Or cette partie de l'Itineraire en fait feule les trois quarts.
S'il y a quelque différence dans la
fuite , c'eft que ceux qui recevoient
les préfens des Hyperboréens des

mains des Scythes , découvrant de
tems en tems des routes ou plus cour-
tes ou plus aifées, que celles qu'ils
avoient tenuës auparavant , ne man-
quoient pas de s'en fervir. Sans compter que les guerres, qui étoient fi fréquentes & mêmes continuelles parmi
les barbares , par les mains defquels
ces préfens devoient paffer , ne per-
mettoient pas que l'occafion de tranfporter les préfens des Hyperboréens
de Scythie à Delos, fût tous les ans
la même. Ce qui eft certain, c'eft
que le terme d'où partoient les préfens des Hyperboréens , auffi bien
que la plus grande partie du chemin
qu'ils faifoient avant d'arriver à Delos, étoit dans le véritable Nord ,
& nullement dans la Celtique qui eft
en Occident, d'où les préfens des Hyperboréens n'approchoient jamais
plus près que du golfe Adriatique ,
qui eft à plufieurs centaines de lieuës
des Gaules.

Au refte, Herodote eft le feul Ecrivain de l'antiquité, qui dife, en termes
formels, que les préfens des Hyperboréens étoient portés au golfe Adria-

tique, avant que d'arriver à Delos.
Non-feulement Callimaque garde un
profond filence fur cette circonftance vraïe ou fabuleufe, mais encore
il ne commence la defcription de la
route que ces préfens fuivoient, qu'à
la premiere ville de Grèce où ils arrivoient. Ainfi ce Poëte ne convient
nullement avec Herodote fur la route que ces préfens renoient, comme
l'Auteur moderne le dit. Bien plus,
Herodote place les Hyperboréens à
l'extrémité du Nord, ainfi que nous
l'avons vû; & Callimaque les met
dans l'Orient, ce qui renverfe le fyftême de l'Auteur moderne. Πιπαῖα
ἐρη ἐν ταῖς ἀιατολαῖς, ὡς Καλίμαχος Schol.
Apollon. l. iv. vers. 284. *p.* 413.

Pag. 27. 　» Et que l'on ne dife pas, que le
» chemin indiqué par les Déliens, eft
» une circonftance unique & démen-
» tie par toutes les expreffions des
» différens Auteurs, qui ont cher-
» ché à défigner plus précifément le
» pays des Hyperboréens : il n'y a
» prefque aucune de ces expreffions
» qui ne nous ramene dans la Celti-
» que, auffi bien que ce chemin mê-

me. Je parcourrai ici en peu de mots «
les principales. »

L'Auteur moderne a raifon ; le
chemin indiqué par les Déliens n'eft
pas une circonftance unique & dé-
mentie par toutes les expreffions des
différens Auteurs, qui ont cherché à
défigner plus précifément le païs des
Hyperboréens : il n'y a aucune, je
dis aucune de ces expreffions, qui ne
nous ramene au point véritable du
Nord , auffi bien que ce chemin. Il
fuffit de parcourir en peu de mots les
principales , que notre Antiquaire
emploïe pour établir fon fentiment.

§. I V.

Les Monts Riphées , au-delà def-
quels habitoient les Hyperbo-
réens , étoient au fond du Nord,
& fort près de la mer glaciale.

L'on difoit que les Hyperboréens « Pag. 28.
demeuroient au-delà des Monts Ri- «
phées , & fur les bords de l'Océan. «
Cela eft vrai : mais où plaçoit-on
les Monts Riphées , & de quel Océan
parloit-on ? Quoique ce que je viens

de dire ne laiſſe aucune difficulté ſur
ces queſtions ; voici de quoi ſatisfaire les eſprits les plus difficiles.

Damaſte, contemporain d'Herodote, & cité par Etienne de Byzance, dit que » les Scythes habitent en-
» decà des Iſſedons, les Arimaſpes
» au-delà des Iſſedons ; que ces der-
» niers ſont en-deçà des monts Ri-
» phées, d'où le vent de Borée ſouf-
» fle continuellement , & qui ſont
» toujours couverts de neiges ; qu'en-
» fin au-delà de ces montagnes ſont
» les Hyperboréens, qui s'étendent
» juſqu'à la mer glaciale. »

Denys le Periégéte, qui vivoit du
tems d'Auguſte , & qui fut envoïé
en Orient par ce Prince avant l'an
752 de Rome, pour dreſſer un plan
exact du païs à Caïus Ceſar qui y
Vers. devoit aller, écrit que » la mer gla-
315. » ciale eſt au voiſinage des monts Ri-
» phées, auſſi bien que la côte où l'on
» pêche l'ambre. La mer glaciale ,
Vers. 31. » dit-il en un autre endroit, que l'on
» appelle mer morte, eſt au Nord,
» & lave les côtes des féroces Ari-
» maſpes. »

« Les Saüromates & les Iſſedons, «
dit Pline, s'étendent le long du Pa- «
lus Méotide : derriere eux ſont les «
Arimaſpes : au-delà s'élevent les «
monts Riphées, autour deſquels eſt «
la région *Pterophore*, ainſi appellée «
des floccons de neiges qui y tom- «
bent en tous tems , & qui reſſem- «
blent à des plumes dont l'air ſeroit «
rempli. Contrée horrible , condam- «
née par la nature à d'épaiſſes téne- «
bres, & à être le réceptacle des fri- «
mats & des aquilons glacés. Der- «
riere ces monts, & au-delà du Nord, «
eſt la nation heureuſe des Hyper- «
boréens. »

Mais en voilà aſſez. Je n'aurois jamais fait , ſi je voulois raſſembler
tout ce qu'il y a d'anciens & de bons
Auteurs, qui placent les monts Riphées à l'extrémité Septentrionale
de l'Europe , & jamais plus près.

§. V.

Les anciens appellôient Alpes
quelques montagnes qui ſont au
Nord de l'Europe , & près des
monts Riphées.

Lib. 4.
c. 12.

pag. 28. » Les Alpes , avant que d'être
» ainſi appellées, ſe nommoient réel-
» lement les monts Riphées: c'eſt ce
» que rapporte Poſidonius dans A-
» thenée: c'eſt ce que ſoutient Pro-
» tarchus dans Etienne de Byzan-
» ce. »

J'abandonne volontiers Poſidonius à M. Gibert. Cet Auteur com-
paré à un point de Géographie, qui
a précedé de plus de quinze ſiécles
celui où il a vêcu, eſt ſi récent, qu'il
ne mérite, ni d'être écouté, ni d'ê-
tre cité. Ce qui eſt d'autant plus certain, qu'il ne s'eſt aviſé de conver-
tir, de ſon autorité privée, les Alpes de notre Occident en monts Riphées, que parce qu'il a déſeſperé
de découvrir la véritable poſition
des monts Riphées des anciens.

Pour Protarque, il eſt ſi éloigné
d'avancer ce qu'on lui fait dire, qu'il
aſſûre manifeſtement le contraire. En
effet, voici les paroles d'Etienne de
de Byzance exactement renduës en
François: *Protarque dit que les Al-*
pes portent auſſi le nom de monts Ri-
phées, & qu'on appelle Hyperboréens les

peuples qui habitent aux pieds des Al-
pes. Or pour peu qu'on foit initié aux
myfteres de l'ancienne Géographie,
en lifant les paroles de Protarque,
on eft convaincu que cet Ecrivain ne
parle nullement de cette partie des
Alpes, qui féparoient l'Italie de la
Germanie & des Gaules, & qui é-
toient feulement connuës de Pofido-
nius : Mais que ces paroles tombent
néceffairement fur les Alpes, que les
anciens plaçoient à l'extrémité du
Nord de l'Europe, telles qu'étoient
les *Alpes Carpathiennes*, ou ces montagnes qu'on appelle encore fur les
lieux, les *Alpes de Tranfilvanie*, qui
féparent cette Province de la Vala-
chie, ou quelques autres montagnes
femblables du Septentrion : car les
anciens étendoient les Alpes jufques-là.

Cette vérité a bien été entrevûë par
quelques-uns de nosSçavans des derniers tems ; mais aucun d'eux n'a pû
la confiderer à toutes fortes de jour,
faute, non-feulement d'une autorité
expreffe, fur laquelle il pût fe décider, mais encore de fçavoir le peu de

fonds qu'il falloit faire fur celle de Po-
fidonius. Mais aujourd'hui le voile eſt
levé, & c'eſt Onomacrite qui nous
reñd cet important ſervice. En effet,
cet Auteur ſi anterieur à Protarque,
& fort connu de l'Auteur moderne,
après avoir fait franchir les monts
Riphées aux Argonautes, les introduit dans l'heureux climat des Hyperboréens; & au ſortir de-là, il les
fait paſſer immédiatement dans le
pays des Cimmeriens, « peuple, dit-
» il, qui eſt condamné à paſſer ſa vie
» dans les ténebres, parce que le mont
» Riphée & le mont Calpien à l'O-
» rient, le mont Phlegre au Midi, &
» les hautes Alpes à l'Occident, lui
» dérobent en tout tems la clarté du
» ſoleil. »

Ἐν μὲν γὰρ Ῥιπαίων ὄρος, καὶ Κάλπιος αὐχω,
Ἀντολίας εἴργυσ', ἐπικέκλιται δ' ᾳρώρη
Ἄσσον ἐπισκιάζυσι μεσημβριὸν ᾄεχ Φλέγρα.
Δείελον αὖ κρύπτυσι φάος τ' αἰνοχέις Ἄλ-
      πιις
Κέρωσι μερίπσσιν, ἀχλὺς δ' ἐπικέκλιται ᾳεί.

Onomacr. Argon. fol. 35. verſo, édit.
Aldin. an. 1517.

Un témoignage si clair & si précis m'exempte de faire des réflexions, qui ne serviroient qu'à répandre des ténébres cimmériennes sur le point important, que je viens d'éclaircir.

§. VI.

Vraie signification du mot Riphée. Les monts Riphées étoient près de la caverne par où l'on descendoit aux Enfers ; & cette caverne étoit au fond du Nord.

» Le nom même de Riphées est » purement Celtique, & signifie dans » cette langue *les montagnes du froid*, » telles qu'on dépeignoit celles dont » il s'agit. «   Là même.

Arvaque Riphæis numquàm viduata pruinis.

L'Auteur moderne ne persuadera à qui que ce soit, que le nom de Riphées soit purement Celtique, & qu'il signifie dans cette langue les montagnes du froid, à moins qu'il

ne cite quelque Ancien, sur la foi
duquel on puisse compter. Je trouve
au contraire dans Servius, que Riphée a une origine Greque, & qu'il
signifie impétuosité. *Riphæi autem*
montes Scythiæ, ut diximus, à perpetuo
ventorum flatu nominati : nam ῥιφὴ *Græcè*
impetus & ὁρμὴ ἀπὸ τῦ ῥίπτειν· *Serv. Geor-*
gic. III. p. 140. Ainsi en attendant, on peut s'en tenir en sûreté de
conscience à la signification marquée
par Servius ; parce qu'outre que ce
sont les Grecs, qui ont les premiers
parlé des monts Riphées, ils les ont
aussi connus, & pour ainsi dire, ba-
ptisés plusieurs siécles avant qu'ils
sçûssent s'il y avoit des Celtes dans
le monde.

Au reste, une preuve certaine que
dans le vers cité par l'Auteur moderne le nom *Riphées* ne signifie ni
loin ni près, ce qu'il lui fait signi-
fier, c'est qu'il y est emploïé pour
marquer la position des lieux, qui
sont aux environs de la caverne, par
où les Anciens disoient que l'on descendoit aux Enfers. Caverne que
Virgile, en cet endroit, Onomacri-

te, & les autres Poëtes, ont placée
au fond du Nord.

§. VII.

C'est à l'embouchure du Danube,
& non à la source de ce fleuve,
que les Anciens ont placé les
monts Riphées.

» Mais ce qui le confirme sans re-
» plique, c'est ce que l'on ajoutoit,
» que le Danube avoit sa source dans
» ces monts Riphées ; puisque, com-
» me on voit dans Strabon, les An-
» ciens regardoient les montagnes,
» d'où sort le Danube, comme des
» branches des Alpes. «

Pag. 29.

Sur des preuves qui vont jusqu'à
l'évidence, je fais voir ailleurs que
Pindare mettoit , non *les sources,*
ainsi que M. Pelloutier le dit, mais
l'embouchure du Danube, au voisinage du païs des Hyperboréens ; en
sorte que ce fleuve, après avoir
côtoïé ce quartier délicieux, se jettoit immédiatement dans la mer.
Apollonius de Rhodes dit à peu près

la même chose, & presque dans les mêmes termes; car après avoir marqué que le Danube parcouroit des païs immenses, il ajoûte que quand ses eaux sont parvenuës au-delà des monts, d'où souffle Borée, elles font un bruit qui se fait entendre de loin.

Ὃς δή τοι τέλος μὲν ἀπείρονα τέμνετ᾽ ἀρέραι
Εἰς ἅλος· πηγαὶ γὰρ ὑπὲρ πνοιῆς Βορέαο
Ῥιπαίεις ἐν ὄρεσιν ἀπὸ ωθι μορμύρουσιν.

Argon. l. iv. vers 285.

Ainsi il est décidé, sur l'autorité de Pindare & d'Apollonius de Rhodes, que Πηγή ne signifie pas dans les endroits qu'on cite, la source du Danube, mais son lit, le cours de ses eaux, & même son embouchure.

§. VIII.

C'est Hercule fils d'Amphytrion, qui porta du plant d'Olivier dans la Grèce. Ce n'est point des Gaules qu'il tira le plant d'Olivier, puisque les Gaules n'ont eu des Oliviers que depuis Auguste

Auguste. Selon Pindare, c'est dans une Province située au-delà de la Cherfonéfe Taurique, qu'Hercule prit le plant d'Olivier. Partie de la Thrace, appellée autrefois Iftrie.

» L'on plaçoit encore le païs des « Pag. 19.
Hyperboréens au-delà des fources «
du Danube ; & l'on racontoit «
qu'Hercule l'Idéen en avoit ap- «
porté le plant de l'Olivier fauva- «
ge, dont on couronnoit les vain- «
queurs aux Jeux Olympiques. Je «
ne crois pas que l'on puiffe défi- «
gner plus précifément la pofition «
de la Celtique, par rapport à la «
Gréce : auffi M. l'Abbé Ge- «
doyn n'a-t'il pû s'empêcher de «
reconnoître que cette expreffion «
ne pouvoit s'appliquer qu'à des «
Provinces de la Celtique ; & que «
la route que l'on faifoit fuivre à «
Hercule, ne pouvoit partir que «
de-là. «

Plufieurs chofes me font ici de la peine. La première eft l'Hercule

C

Idéen, qui porta, dit-on, le premier l'Olivier dans l'Attique. La feconde eft l'épithéte de *fauvage* qu'on donne à l'Olivier, qu'Hercule obtint des Hyperboréens pour en enrichir fa Patrie. La derniére eft ce qu'on appelle, je ne fçai pourquoi, l'*expreffion*, qui non-feulement défigne précifément la pofition de la Celtique, mais encore fait fentir, que *la route que l'on faifoit fuivre à Hercule, ne pouvoit partir que de là.*

Pindare, qui eft à mon avis l'Auteur de la Fable, dont on fe fert pour étaïer un fentiment qui croule de tous côtés, leve toutes les difficultés qui m'arrêtoient.

1°. Ce n'eft pas felon lui l'Hercule Idéen, qui porta le premier le plant d'Olivier dans la Grèce, mais Hercule le Thébaïn, qui étoit fils d'Amphitryon, Ἀμφιτρυωνιάδας, & celuilà même qui fut l'inftituteur des Jeux Olympiques, ou plûtôt qui leur donna une nouvelle forme, comme Pindare le dit dans la fuite.

Olymp. 3. vers 26.

2°. De même Pindare ne dit point que l'Olivier, qu'Hercule le Thébaïn

apporta dans la Grèce fût fauvage ;
mais d'un verd pâle & tirant fur le
blanc, γλαυκώχεϱα, qui eft l'épithéte propre que les Poëtes Grecs
& Latins donnent à l'Olivier.

3°. Enfin Pindare jufqu'ici n'a emploïé aucune *expreffion qui défigne*,
même légérement, *la pofition de la
Celtique par rapport à la Grèce* ; & ce
Poëte feroit étrangement furpris
d'entendre dire à l'Auteur moderne
& à M. l'Abbé Gedoyn, que *cette
expreffion ne pouvoit s'appliquer qu'à des
Provinces de la Celtique ; & que la
route que l'on faifoit fuivre à Hercule,
ne pouvoit partir que de-là.* Si je demande à ces deux Sçavans, quelle eft
cette *expreffion* profonde & myfté-
rieufe, qui renferme tant de belles
chofes à la fois ; ils me répondront
fur le champ que c'eft le plant d'O-
livier, qu'Hercule apporta du païs
des Hyperboréens dans la Grèce.

Mais comment cette expreffion
peut-elle *défigner précifément la pofition de la Celtique par rapport à la Grèce* ; fi près de quatorze cens ans après
Hercule le Thébain, il n'y avoit ni
C ij

olives, ni oliviers dans les Gaules ?
Oleam omninò non fuiſſe in Italiâ, Hiſ-
paniâ, atque Africâ Tarquinio Priſco
regnante, ab annis Populi Romani
CLXXXIII. quæ nunc pervenit trans
Alpes quoque, & in Gallias Hiſpaniaſ-
que medias. Plin. Hiſt. *l. xv. c.* I.
ſub init.

Mais où en ſeroit l'Auteur moderne, ſi Pindare n'avoit jamais entendu parler des Gaules? C'eſt pourtant ce qu'on peut & qu'on doit rai-
ſonnablement préſumer. En effet,
outre que dans ſes écrits il n'y a aucun veſtige qui perſuade, qui faſſe
même ſoupçonner, qu'il les ait connuës, Herodote eſt le plus ancien
Auteur, dans l'Hiſtoire duquel on
trouve le terme de *Celtes.* Pindare
eſt né quarante ans avant Herodote;
celui-ci, au rapport de Pline, n'a
écrit ſon Hiſtoire qu'à la quarantié-
me année de ſon âge; cependant Herodote, quatre-vingt ans après la
naiſſance de Pindare, n'a connu la
Celtique que de nom, comme tout
le monde en convient. On peut
donc, on doit même raiſonnable-

Plin.
Hiſt. l.
12.c.4.

ment préfumer, que ni Pindare, ni les Grecs de fon tems, n'avoient jamais entendu parler de la Celtique ; ou, ce qui revient à la même chofe, que ce qu'ils en avoient entendu dire fe réduifoit à rien.

A mefure que j'avance, les difficultés augmentent. M. l'Abbé Gedoyn, dit l'Auteur moderne, reconnoît *que la route que Pindare fait fuivre à Hercule, ne pouvoit partir que de la Celtique.* Je cherche dans ce que ces Meffieurs rapportent de Pindare la route, que ce Poëte fait tenir à Hercule en le conduifant dans le païs des Hyperboréens, & je ne l'y trouve point. Je ne fçaurois même l'y trouver, parce qu'elle n'y eft pas en effet. Prenons donc en main Pindare, & voïons fi ce Poëte ne l'auroit pas tracée en quelque endroit de fes écrits. Par le plus grand bonheur du monde, elle s'offre à ma vûë à l'ouverture du livre ; elle fuit immédiatement l'endroit où ces Meffieurs fe font arrêtés. Examinons donc cette route, & découvrons, s'il fe peut, fi c'eft celle qui *ne pou-*

C iij

voit partir que de la Celtique.

» Hercule, dit Pindare, venoit de
» rétablir les Jeux Olympiques, &
» la révolution de la cinquiéme an-
» née approchoit, quand ce Héros,
» chagrin de ce que les bords de
» l'Alphée étoient dépourvûs d'ar-
» bres, qui miſſent à couvert des
» ardeurs du ſoleil ceux qui s'y aſ-
» ſembloient, forma & exécuta le
» deſſein de paſſer dans l'Iſtrie. Il
» n'eut pas plûtôt franchi les défilés
» des montagnes d'Arcadie , que
» Diane Taurique vint à ſa rencon-
» tre. Tout-à-coup il ſe trouva dans
» cette heureuſe contrée, qui eſt au-
» delà du vent de Borée ; & il la
» vit couverte de ces arbres, dont il
» ſouhaitoit de border le ſtade d'E-
» lide. «

Voilà une route , une véritable
route exactement décrite par Pindare : elle a échappé aux yeux de l'Auteur moderne & de M. l'Abbé Gedoyn ; elle étoit pourtant à l'endroit
même, où ils en ont apperçû une qui
n'y étoit pas ; ce qui a donné lieu à
des hypothèſes , qui renverſent les

règles de l'Histoire, de la Fable &
de la Géographie. Hercule donc,
selon Pindare, avant d'aller au païs
des Hyperboréens, étoit dans l'E-
lide, Province du Péloponèse, située entre l'Achaïe & la Messenie :
il traversa les montagnes d'Arcadie,
autre Province de la Grèce ; & conduit par la Biche aux cornes d'or,
qu'il avoit ordre d'emmener à Eu-
ristée, il pénétra dans l'Istrie, d'où,
suivant le cours du Danube jusqu'auprès de son embouchure, il se ren-
dit dans la Chersonèse Taurique, où
il fut bien reçû par Diane : & ainsi
continuant sa route, lorsqu'il y pen-
soit le moins, il se trouva au milieu
des Hyperboréens, des mains desquels il reçut du plant d'Olivier,
qu'il apporta dans la Grèce.

Ce que j'admire dans la descrip-
tion de la route, que Pindare a tracée du voïage d'Hercule dans le
pays des Hyperboréens, c'est qu'elle convient dans un point important
avec celle qu'Herodote fait tenir
aux présens des Hyperboréens. En
effet, Hercule n'a pû passer de la

C iv

Grèce & de la Macédoine dans l'I-
ftrie, qui eft la Scythie des Grecs,
fans traverfer en tout ou en partie
l'Illyrie ; & l'Illyrie, comme tout le
monde fçait, eft fur le Golfe Adriatique, & faifoit autrefois une bonne
partie de la Scythie.

Les Géographes doivent obferver en paffant, que dans les tems les
plus reculés, dons nous aïions des
mémoires, les Grecs donnoient à
une partie de l'Illyrie, ou plûtôt
de la Scythie & de la Thrace, le
nom d'Iftrie, parce que l'une & l'autre étoit arrofée par le Danube, que
les anciens appelloient *Ifter*.

§. IX.

Tous les traits que les Anciens
nous ont laiffés des Hyperbo-
réens, impliquent contradiction
avec ceux qu'on lit des Gau-
lois.

Page 32. » Ainfi fe déterminant par les ex-
» preffions les plus fûres & les plus
» communes des Auteurs, comme en

ſe réglant par le chemin indiqué par «
les Déliens, la Celtique ſeule peut ê- «
tre le pays des Hypérboréens ; & il «
ne nous reſte plus qu'à y chercher «
des habitans, auſquels on puiſſe ap- «
pliquer toutes les particularités, «
que l'on racontoit ſur les mœurs & «
ſur les uſages des Hyperboréens. «

Je me flatte d'avoir enfin gagné ſur
l'eſprit de l'Auteur moderne, qu'en ſe
déterminant par les expreſſions les
plus ſûres & les plus communes des
Auteurs, comme en ſe réglant par le
chemin indiqué par les Déliens, ni
la Celtique renfermée dans ſes véritables bornes, ni la Celtique portée
auſſi loin que quelques Modernes
ont crû qu'elle s'étendoit, ne ſçau-
roit être en aucune façon le païs des
Hyperboréens. Il faut donc bien ſe
garder d'y chercher des habitans,
auſquels on puiſſe appliquer toutes
les particularités, que l'on racontoit
ſur les mœurs & ſur les uſages des
Hyperboréens. Une ſemblable curioſité ne procureroit à celui qui
voudroit la ſatisfaire, d'autre avantage, que celui de découvrir entre les

C v

mœurs, les ufages, les maniéres, le
commerce de la vie, l'efprit, l'humeur & la religion des Celtes & des
Hyperboréens, la même différence
qu'il y avoit entre la pofition des
païs de deux peuples fi différens &
fi éloignés l'un de l'autre.

Pag. 32.
33.
» On les repréfentoit (les Hyper-
» boréens), ainfi que je l'ai dit,
» comme une nation entiére de prê-
» tres d'Apollon ; l'on ajoûtoit, que
» la plûpart joüoient de la lyre, &
» chantoient continuellement des
» hymnes dans le Temple de ce
» Dieu, célébrant fes actions & fes
» vertus ; qu'ils étoient les plus ju-
» ftes des hommes ; qu'ils paffoient
» leurs jours heureux dans les bois
» facrés & dans les forêts ; qu'e-
» xempts feuls des troubles de la
» guerre, qui agitoient leurs voi-
» fins, ils atteignoient le plus long
» terme de la vie humaine ; enfin que
» prévenus d'une inclination parti-
» culiére pour les Grecs, ils leur
» avoient appris le dogme de l'im-
» mortalité de l'ame. «

Diodore de Sicile, Méla & Pline

riroient bien, s'ils étoient encore en
vie, & qu'ils jettâssent les yeux sur
le portrait, que fait l'Auteur moderne des Hyperboréens & de la vie
qu'ils menoient. Tous les traits sont
tirés des écrits de ces Auteurs : ces
Auteurs ont eu soin de marquer
qu'ils ne convenoient en seul, qu'à
un peuple situé dans un climat qui
rassembloit les glaces, les neiges, les
frimats & les vents les plus âpres &
les plus impétueux. Diodore même
de Sicile dit que la contrée qu'il ha-
bite, est à l'opposite de la Celtique ;
& néanmoins l'Auteur moderne en-
-treprend de nous persuader, que les
Hyperboréens & les Celtes ne sont
qu'un seul & même peuple, & que
le portrait des uns est celui des autres. Examinons-en donc les couleurs ; & voïons si de part & d'autre les nuances sont les mêmes.

On représentoit, dit-on, les Hyperboréens comme une nation entiére de prêtres d'Apollon. Ici, continuë-t'on, « les Druïdes des Gaules
se présentent naturellement à l'es- »
prit : ils y formoient la portion la »

C vj

» plus diſtinguée de la nation, ou
» même ils y étoient comme une na-
» tion particuliére de Philoſophes &
» de Prêtres. «

J'ai déja dit, & peu de perſonnes
ignorent, que la nation entiére des
Gaulois étoit diſtribuée en trois
claſſes, ou plûtôt en deux, ainſi que
je l'ai expliqué. De ces deux claſſes,
celle des Druïdes étoit la premiére,
parce que le Sacerdoce y étoit attaché : mais on ignore, & l'on ignorera peut-être toûjours, ſi tous les
Druïdes étoient prêtres : mais quand
on auroit là-deſſus toutes les lumié-
res qu'on peut avoir, l'Auteur moderne n'en ſeroit pas plus avancé ;
parce que bien loin que la claſſe des
Druïdes compoſât toute la nation,
elle ne faiſoit pas même le deux-cen-
tiéme de ceux qui la formoient. Si
donc nous donnions dans l'idée
qu'on propoſe, nous ſerions obligés d'embraſſer un ſentiment qui
répugne à la raiſon, & de la vérité
duquel l'Auteur ne ſeroit pas lui-
même perſuadé.

§. X.

Les mœurs des Druïdes étoient en-
tiérement oppoſées à celles des
Hyperboréens. Nature de la
dignité d'Ædituus & de Pa-
tere, établie chez les Druïdes.

» Il n'eſt pas plus difficile de s'ap- « Page 34.
percevoir, que tout ce que l'on «
dit des Hyperboréens, eſt préci- «
ſément la même choſe que ce que «
nous ſçavons des Druïdes. Ainſi «
les Druïdes honoroient ſinguliére- «
ment Apollon ; & une de leurs «
claſſes appellée des Pateres, étoit «
uniquement conſacrée à ce Dieu. «

Il faut que la vûë de l'Auteur
moderne ſoit bien fine, pour appercevoir ce que les yeux perçans du
genre humain réüni, ne ſçauroient
découvrir. Les Druïdes honoroient
Apollon, non pas *ſinguliérement,* comme notre Auteur juge à propos de le
dire ; mais en ſecond, & à la ſuite de
quelques Dieux vulgaires, qui partageoient avec lui les honneurs de la

Divinité. Ainsi c'est sur le plus léger de tous les fondemens, qu'on métamorphose les Druïdes en toute la nation des Hyperboréens. Il est vrai que les Hyperboréens ne reconnoissoient d'autre Dieu qu'Apollon, & qu'ils lui offroient des hécatombes d'ânes (a) en sacrifice : au lieu que les Gaulois, en honorant Apollon (b), Mars, Jupiter & Minerve, faisoient céder le culte qu'ils rendoient à ces Dieux, à celui qu'ils rendoient à Mercure ; aussi lui offroient-ils des victimes humaines en sacrifice, & multiplioient-ils ses statuës à l'infini, afin qu'il leur tînt lieu de toute autre Divinité.

La classe des Pateres, que l'Auteur moderne croit avoir été consacrée UNIQUEMENT à Apollon, n'établit guéres mieux la ressemblance qu'il trouve entre les Hyperboréens & les Druïdes. Cette classe en derniére analyse n'étoit qu'un grade ; ou plûtôt, s'il est permis de faire une comparaison entre des choses entiérement disparates, la fonction de Patere dans l'espéce dont il s'agit,

(a) *Pindare, Pyth. x. vers. 61.*

(b) *Caf. bel. Gal. l. iv. c. 17.*

étoit ce qu'eſt dans la Religion
Chrétienne un ordre mineur à l'é-
gard de la dignité de Prêtre & d'E-
vêque. La fonction d'*Ædituus*, qui,
comme celle de Patere, étoit dans
les Gaules propre à une autre claſſe
de miniſtres d'Apollon, met cette
vérité dans tout ſon jour, & me fait
venir une idée, que je ſoumets volontiers au jugement de l'Auteur
moderne même : ſçavoir, que l'une
& l'autre claſſe de *Patere* & d'*Ædituus*, qu'Auſonne (a) ſeul nous a fait
connoître, avoient été peut-être in-
troduites dans le Druïdiſme, à l'e-
xemple de ſemblables établiſſemens,
que les Païens admiroient & trouvoient tout faits chez les Chrétiens.
Saint Juſtin, Tertullien, S. Augu-
ſtin, S. Gregoire de Nazianze, l'Auteur des Aréopagitiques, & quelques
autres Anciens, nous apprennent en
pluſieurs endroits de leurs écrits,
juſqu'à quel point les Infidéles ont
porté autrefois cet abus. Quoiqu'il
en ſoit, on ne peut rien conclure de
la claſſe des Pateres.

On doit encore moins fonder l'i-

(a) *Pro-
feſ. Bur-
digal.
caron. 4.
& 10.*

dentité des Hyperboréens & des
Celtes fur le culte, que ces derniers
rendoient à ce Dieu. J'ai déja infi-
nué que ce culte étoit récent parmi
eux ; & il ne me feroit pas difficile
de prouver, qu'il étoit parfaitement
étranger à leur Religion ; tandis qu'il
eft de notoriété publique, que de
toute antiquité, il faifoit tout le
fond de la Religion des Hyperboréens, fans aucun mêlange, ni ac-
cefloire.

§. XI.

Fonction des Bardes dans les Gaules.

Pag. 34. » Une autre *claffe* (c'étoit celle *des*
» *Bardes*) ne s'occupoit qu'à joüer
» des inftrumens, à chanter des hym-
» nes, & à célébrer les loüanges &
» les actions des Dieux & des Hé-
» ros. »

Je n'ai trouvé nulle part, que les
Bardes fûffent une claffe de Druïdes,
ni qu'ils s'occcupâffent à célébrer les
loüanges des Dieux : c'étoient des
Chautres, felon la force du mot Cel-

tique, qui faifoient métier de chanter fur des inftrumens les belles actions des Héros de leur nation. J'ai
dit dans un ouvrage particulier,
qu'ils étoient en fi grande vénération dans les Gaules, que fi, fur
le point de livrer une bataille, eût-
on déja commencé à lancer des
traits, & tiré l'épée, les Bardes arrivoient au camp, on s'abftenoit de
combattre de part & d'autre. Les
Bardes fe mêloient encore de cenfu-
rer, de fyndiquer la conduite des
particuliers, & d'être toûjours à la
table des grands.

§. XII.

*Dans les Gaules, les femmes étoient
de tems immémorial le confeil &
les Juges de la nation. Les Druïdes fuccedent à ces femmes. Dans
la fuite des tems ces nouveaux
Juges fe laiffoient corrompre.*

» Juges de tous les différens de Pag. 35.
leur nation, leur équité leur avoit «
attiré la vénération des peuples. »
On voit ici jufqu'où va la force du

préjugé. L'Auteur moderne a crû
voir les Hyperboréens dans les Druïdes. Ces derniers ne formoient point
une nation comme les premiers ; ils
étoient feulement la portion la plus
diftinguée de leur nation : en conféquence, *ils étoient Juges de tous les dif-*
ferens de leur nation. Mais cette qualité prouve-t'elle qu'ils fûffent les Hyperboréens, c'eft-à-dire, les plus ju-
ftes de tous les hommes ; & qui
n'aïant rien à démêler, ni entre eux,
ni avec leurs voifins, n'ont jamais eu
la penfée d'établir chez eux des Juges, au tribunal defquels leurs différens fûffent portés ?

L'équité des Druïdes, ajoûte-t'on ;
leur avoit attiré la vénération des peu-
ples. C'eft tranfporter injuftement
aux Druïdes une loüange qui n'eft
dûë qu'aux Dames Gauloifes : car il
n'eft pas permis d'ignorer que de tems
immémorial, en récompenfe de la fage conduite que tinrent les femmes
fortes dont il s'agit, pour étouffer
une guerre inteftine qui duroit depuis long-tems, les Gaulois ont
érigé un Tribunal Souverain, com-

pôſé de Matrones reſpeƈtables, *qui jugeoient définitivement les procès des particuliers, régloient deſpotiquement les interêts de la nation, & décidoient de la guerre ou de la paix qu'il ſalloit faire.* Ce Tribunal ſubſiſtoit encore lors du paſſage d'Annibal dans les Gaules. On ne ſçait ni comment, ni en quelle occaſion les Druïdes le renverſerent, & lui ſubſtituerent le leur propre. Je ne veux pas répandre des doutes ſur l'équité des premieres ſentences de ces nouveaux Juges; je puis du moins ʼaſſurer que celles des tems poſtérieurs, n'étoient pas toujours exemptes des défauts inſéparables des paſſions humaines, témoin la partie de la Scéne du *Querolus*, ou *Aulularia*, que j'ai emploïée ailleurs dans une ſemblable occaſion, & que je vais rapporter ici pour la rareté du fait. Elle conſiſte dans un entretien intime, que Querolus a avec le Dieu Lare, auquel il ſe plaint de ſon ſort, en le priant d'en corriger la malignité. Entr'autres expédiens qu'il lui propoſe, pour le faire avec ſuccès; le premier eſt de le mettre à portée ou en place de prendre de toutes mains , sans courir aucun risque d'en être recherché. Voici en nature les paroles de l'un & de l'autre. Quer. *Si quid igitur potes , Lar familiaris , facito ut sim privatus & potens. Lar. Potentiam cujusmodi requiris ? Quer. Ut mihi liceat spoliare non debentes , cadere alienos , vicinos autem & spoliare & cadere. Lar. Ha , ha , ha : latrocinium , non potentiam requiris : hoc modo nescio ædepol quemadmodùm præstari hoc possit tibi : tamen inveni ; habes quod exoptas , ad Ligerem vivito. Quer. Quid tùm ? Lar. Illic jure gentium vivunt homines : ubi nullum est præstigium : ibi sententiæ capitales de robore proferuntur in ossibus. Illic etiàm rustici perorant , & privati judicant : ibi totum licet. Si dives fueris , Patus appellaberis : sic nostra loquitur Græcia. O silvæ , ô solitudines , quis vos dixerit liberas ? Multo majora sunt quæ tacemus : tamen hoc intereà sufficit.* Quer. *Neque dives ego , neque robore uti cupio. Nolo jura hæc silvestria.*

Les couleurs avec lesquelles les Druïdes sont ici dépeints , sont bien différentes de celles , avec lesquelles

les Hyperboréens font par tout , &
en tout tems repréfentés. L'équité
des Hyperboréens n'a été altérée en
aucun tems : elle s'eft toûjours foû-
tenuë dans fon intégrité ; & elle étoit
la même quand l'Auteur du Querolus faifoit l'efquiffe des Druïdes.

§. XIII.

Dans les tems pofterieurs les Druï-
des n'étoient que l'ombre de ce
qu'ils avoient d'abord été. Ex-
cès où ils donnerent.

„ Les bois & les forêts étoient Pag. 35.
„ leurs demeures, & le fiége de leurs
„ écoles & de leur culte. „
    Ce font encore des traits des Druï-
des dans leur origine, qui commencerent à s'effacer du tems, ou même
avant les tems de Cefar ; & enfin n'e-
xiftoient plus fous l'empire de Clau-
de, qui les chaffa de Rome ; ni du
tems de Neron, puifque Dion Chry-
foftome, contemporain de ce Prince, nous apprend que *tandis que les*
Rois étoient affis fur des trônes d'or , &
qu'ils habitoient des maifons fuperbes , les

Druïdes regnoient en leur place ; ni à la
mort de Vitellius qu'ils firent foulever toutes les Gaules ; ni du tems de
Dioclétien, qui étant dans les Gaules, & réglant ses comptes avec son
hotesse, Druïdesse de profession, en-
tendit de la bouche de cette femme
une prédiction, qu'il parviendroit un
jour à l'Empire. Moins encore du
tems d'Ausone, que les Druïdes occupoient toutes les chaires des Gaules.

A quoi il faut ajoûter, que les
Druïdes, en choisissant les bois & les
forêts *pour leurs demeures, & pour y
établir le siège de leurs écoles & de leur
culte*, avoient des vûës bien différentes de celles qui faisoient agir les
Hyperboréens. En effet, les Druïdes ne cherchoient la retraite, que
pour vaquer à la contemplation,
pour faire des progrès dans l'Astro-
nomie, dans l'Astrologie, dans la
Médecine, dans la Jurisprudence,
dans la Politique, dans la Théolo-
gie, & dans les autres Sciences, dont
ils faisoient profession ; & pour y
former des disciples qui leur fissent

honneur ; au lieu que les Hyper-
réens *passoient leurs jours heureux dans*
les bois sacrés & dans les forêts, parce
qu'ils n'avoient point de maisons : &
ils n'en avoient que faire ; ils vivoient
fous un ciel, qui n'étoit troublé, ni
par le vent, ni par la pluïe, ni par le
froid, ni par le chaud ; & ils n'avoient
d'autre attention que celle de renou-
veller tous les jours les festins & les
concerts, qui charmoient agréable-
ment chaque instant de leur vie. J'ai
lû même quelque part, qu'ils ne cultivoient aucune science ; & que les
anciens, en marquant qu'ils offroient
des ânes en sacrifice, faisoient allu-
fion à leur stupidité.

§. XIV.

La profession des armes n'étoit
pas incompatible avec celle des
Druïdes. Le Druïde Divitia-
cus a introduit Cesar dans les
Gaules, & a toujours combattu
fous les étendarts des Romains.

Ils étoient dispensés d'aller à la « Pag. 354.
guerre. »

Les Druïdes n'étoient donc pas
les Hyperboréens : car la condition
de ces derniers n'étoit pas susceptible
d'une telle exemption ; puisque tous
les Auteurs, sans exception, s'accordent à dire, que les Hyperboréens n'avoient guerre ni entre eux, ni avec
personne. Il s'en faut bien que les
Druïdes eussent l'ame si pacifique.
Quelque dispensés qu'ils fussent d'aller à la guerre, Cesar, qui est le premier Ecrivain qui nous les ait fait
connoître, observe qu'ils avoient un
chef qu'ils élisoient à la pluralité des
suffrages ; & si les voix étoient partagées entre des concurrens d'un
égal mérite, on prenoit les armes,
& le plus fort l'emportoit. D'ailleurs, l'histoire nous apprend que
Divitiacus, Prince des Heduens, &
Druïde de profession, selon le témoignage exprès de Ciceron, étoit allé
à Rome demander du secours contre
les Arvernes, les Sequanois & les
Germains ; que l'aïant obtenu, il l'avoit introduit dans les Gaules avec
Cesar qui le commandoit, & qu'il
avoit toûjours depuis combattu sous
les drapeaux des Romains.   §. XV.

§. X V.

*Vrai sens de cette phrase prover-
biale : c'est un vieux Druïde.
L'âge où les Hyperboréens parvenoient, étoit entierement différent de celui où parvenoient
les Druïdes.*

Et leur longue vieillesse a passé « Pag. 35
en proverbe. »

Il est vrai que l'on dit dans le stile
familier, *c'est un vieux Druïde* ; mais
sans égard à l'âge de la personne dont
on parle : ainsi *vieux* dans cette phrase proverbiale, signifie *capable, expe-
rimenté, qui a vû le monde.* On dit encore à peu près dans le même sens,
c'est un vieux routier.

Pour pouvoir tirer quelque avantage du grand âge, où l'on dit que
parvenoient les Druïdes, il faudroit que le proverbe fut fondé sur
l'autorité des anciens, & malheureu-
sement il ne l'est pas ; joint que
quand il le seroit, un Druïde de cent
dix ans, vis-à-vis d'un Hyperbo-

D

réen, qui eût été fur le point de mou-
rir, auroit paffé pour un enfant en
maillot : car les Hyperboréens vivoient mille ans ; après quoi ils mou-
roient, parce qu'ils étoient dégoûtés
de la vie.

§. XVI.

Sentimens & difpofitions des Cel-
tes à l'égard des Grecs.

Pag. 35. » C'eft d'eux, fans doute, qu'il
» faut entendre l'inclination qu'E-
» phore attribuë aux Celtes en gé-
» néral pour les Grecs. »

La conjecture de l'Auteur moderne ne paroît pas devoir faire fortune, parce que Strabon, en marquant ce trait qu'il a lû dans Ephore, y met un correctif, qui infinuë
clairement que cet ancien Géographe s'eft un peu trop avancé. « E-
» phore, dit Strabon, donne trop d'é-
» tenduë à la Celtique, & porte fes
» bornes jufqu'à Gades, parce que
» les Celtes fe font autrefois rendu
» maîtres de quantité de contrées
» de l'Iberie. Il ajoûte que les Cel-

tes ont de l'inclination pour les «
Grecs, & marque plufieurs au- «
tres chofes particulieres, dont on «
ne trouve aujourd'hui aucune tra- «
ce. » Si donc, felon Strabon, l'inclination des Celtes pour les Grecs
eft une de ces particularités, dont on
ne découvroit aucun veftige de fon
tems, je ne vois pas pourquoi on
veut aujourd'hui renfermer cette inclination dans le cœur des Druïdes
feuls : on pourroit l'attribuer avec
plus de fondement aux Aquitains,
parce qu'en effet ce peuple faifoit
gloire d'être Grec d'origine : *Maxi-*
mè cum Aquitania Gracâ fe jactet origi-
ne. Hier. Prol. in lib. 2. Ep. ad Gala-
tas. Mais c'eft une queftion à réfou-
dre, fi dans l'Aquitanique il y avoit
des Druïdes, comme il y en avoit
dans la Celtique.

Au refte, Strabon eft extrémement
moderé, de révoquer en doute l'affection qu'Ephore difoit que les Celtes avoient pour les Grecs, fur cela
feul qu'il n'en trouvoit nulle part aucun veftige : C'eft un argument né-
gatif, qui fuffit pour fonder un dou-

te. Pour peu qu'il eût dépoüillé les Archives de l'antiquité, il auroit trouvé dans les horribles ravages, que les Celtes ont fait en divers tems, & à plusieurs reprises, dans la Grèce, dans la Macédoine, dans la Thrace, & dans l'Asie mineure, des argumens positifs, qui mettent en évidence, que bien loin que les Celtes eûssent de l'affection pour les Grecs, tout l'Orient étoit rempli de monumens de leur fureur contre eux.

§. XVII.

Pythagore a reçu des Druïdes le dogme de l'immortalité de l'ame, & l'a défiguré. Injustice des anciens sur ce sujet à l'égard des Druïdes.

Pag. 35. » Enfin rien ne les rendoit plus célébres dans l'antiquité, que le dogme de l'immortalité de l'ame, qui étoit le fondement de leur Religion & de leur Philosophie. »

Il est très-certain que les Druïdes enseignoient ouvertement l'immortalité de l'ame; & qu'entre tous les

Philosophes de l'antiquité, ils s'expliquoient le plus clairement, & avec moins d'équivoque sur ce point important de la vraïe Religion. Mais on n'en doit point inferer que ce dogme les rendît plus célébres : car parmi le grand nombre d'Auteurs qui parlent de leur créance, il n'en est point qui ne les donne pour les inventeurs, ou plûtôt pour les défenseurs de la métempsychose. « Les *Bel. Gal.* Druïdes, dit Cesar, ont pour ma- *lib. vi. c.* xime que les ames ne meurent point, *14.* mais qu'après la mort du corps qu'elles animoient, elles passent en d'autres corps. Le dogme favori *Lib. v.* de Pythagore, écrit Diodore de *p. 212.* Sicile, est si fort gravé dans l'esprit de tous les Gaulois, qu'ils croïent non-seulement que les ames font immortelles, mais encore que, pendant la durée d'une longue période d'années, elles entrent dans d'autres corps, & les animent. » Lucain & Ammien Marcellin tiennent le même langage ; mais celui qui le fait *Lib. 11.* avec le plus d'indécence, c'est Vale- *c. 4. n.* re Maxime : car après avoir dit sim- *10.*

plement, que les Gaulois étoient
perſuadés de l'immortalité de l'ame,
il ajoûte : « Je traiterois de fous ces
» *Porte-brayes*, s'ils ne tenoient le
» même ſentiment que le *Philoſophe*
» *Pythagore*. » Par-là il eſt viſible,
que le dogme de l'immortalité de l'a-
me n'a point valu aux Druïdes un
once de gloire & de réputation : au
contraire, après l'avoir découvert à
Pythagore, & l'avoir eu lui-même
pour éleve, ils ont eu le chagrin de
lui voir défigurer un ſiſtême eſſen-
tiellement vrai, qui étoit le fondement de leur Religion & de leur Phi-
loſophie ; & ce qui eſt encore pire,
de paſſer pour ſes diſciples : Et voilà pourquoi j'ai propoſé plus haut
cette alternative, que les anciens ne
faiſoient paſſer les Druïdes que pour
les inventeurs, ou plûtôt pour les
défenſeurs de la métempſychoſe.

Mais après tout, que fait le dogme de l'immortalité de l'ame à la queſtion préſente ? On veut nous perſuader que les Druïdes doivent paſſer pour les Hyperboréens des anciens, parce que *le dogme de l'im-*

mortalité de l'ame étoit le fondement de leur Religion & de leur Philosophie. Mais avant toutes choses, il faudroit prouver que le même dogme est aussi le fondement de la Religion & de la Philosophie des Hyperboréens : ce qu'on ne fait sûrement pas ; & quand on le feroit, les preuves devroient être si propres aux Hyperboréens, qu'en ne faisant d'eux & des Druïdes qu'un même peuple, elles donnâssent l'exclusion aux Egyptiens, & aux autres nations qui faisoient profession de croire l'immortalité de l'ame, & qui néanmoins n'étoient point les Hyperboréens.

§. XVIII.

Ravages que le vent de Borée faisoit dans la véritable Celtique. Les Gaulois donnoient à ce vent le nom de Circius. Auguste lui fit ériger un temple. La Colchide n'étoit point la région que les Hyperboréens occupoient. Il y avoit deux sortes d'Hyperbo-

réens. Les monts Riphées étoient
voisins de la mer glaciale.

Pag. 40.   » Les Druïdes ont donc évidem-
» ment tous les caracteres attribués
» aux Hyperboréens : & par consé-
» quent on ne peut gueres douter,
» qu'ils ne soient les véritables Hy-
» perboréens que nous cherchons,
» puisqu'ils sont les seuls, dans le païs
» où nous devons trouver les Hy-
» perboréens, à qui ces caracteres
» peuvent convenir. »

Je laisse à décider au public, si les
Druïdes étoient vraiment dans le
païs, où nous devons trouver les Hyperboréens ; si même, en supposant
qu'ils y fussent, ils pouvoient seuls,
& indépendamment des Celtes, dont
ils étoient la portion la plus distin-
guée, être les Hyperboréens ; enfin,
s'ils avoient tous les caracteres attribués aux Hyperboréens. Aucune
de ces questions ne sçauroit être pro-
blématique : car pour entasser preuves sur preuves, le nom seul d'*Hy-*
perboréens donne absolùment l'exclusion aux Druïdes, & aux véritables

Celtes. En effet, il marque un peuple, qui, selon les uns, étoit immédiatement au-delà du vent de Borée, & qui, selon d'autres, étoit le plus septentrional de tous les peuples ; avec cette circonstance particuliére, selon tous, que par la position du païs qu'il occupoit, il n'éprouvoit, ni ne pouvoit éprouver les incommodités du vent de Borée. Circonstance seule qui auroit dû arrêter les Ecrivains, lesquels, désesperant de pouvoir découvrir les monts Riphées, se sont avisés de les transformer dans les Alpes, & de donner la Celtique pour le païs des Hyperboréens; ignorant que le vent de Borée souffle des Alpes dans la Celtique avec tant de force & de violence, qu'il *roule de grosses pierres, qu'il renverse les voitures publiques, avec les charges & les personnes qui y sont ; qu'il dépouille les voïageurs, & emporte leurs hardes, leurs armes, & tout ce qu'ils portent ; qu'il remplit la bouche, & empêche de parler ; que des pierres qu'il enleve, il en forme des monceaux semblables aux monceaux de sable, que forment ordinairement les*

Strab. l. 4.

D v

Senec. l.
v. nat.
quæst. c.
17.

grands vents. Auguste, témoin ocu-
laire de ces accidens furprenans, le
prit pour un Dieu, & lui fit bâtir un
temple dans les Gaules, en action de
graces de ce qu'il ne les avoit pas
bouleverfées pendant le féjour qu'il
y fit. J'ai dit dans un autre ouvrage,
que ce vent s'appelloit *Circius* ; que
fon nom s'eft confervé dans la Nar-
bonnoife, où il fait encore de grands
ravages, fous le nom de vent de *Cers*,
dérivé du Celtique *Circh*, qui fignifie impétuofité.

Dans le point de vûë où l'Auteur
moderne a mis la queftion préfente,
le vent Circius en fait néceffairement
partie. C'eft, j'ofe dire, le caracté-
riftique des Druïdes & des Celtes,
comme le Borée l'eft des Hyperboréens : ces deux vents font donc
réciproquement paroli l'un à l'autre. Ainfi prétendre que les Druïdes
étoient les véritables Hyperboréens,
c'eft foûtenir auffi que les Celtes, au
milieu defquels les Druïdes vivoient,
ne recevoient aucune incommodité
du fouffle violent de Circius : ce qui
eft démenti non-feulement par toute

l'antiquité, mais encore par les habitans, qui occupent aujourd'hui l'ancienne Narbonnoise.

De-là on peut juger avec quelle
vivacité M. l'Abbé Banier s'éleve-
roit contre le sentiment de l'Auteur
moderne, après s'être élevé contre
celui de M. l'Abbé Gedoyn, sur lequel l'Auteur moderne a formé le
sien, & l'a poussé jusqu'au = delà de
la vraisemblance. « Les Hyperbo- «
réens, dit M. l'Abbé Gedoyn, é- «
toient voisins des Celtes : les Grecs «
comprenoient parmi les Celtes la «
plus grande partie des peuples de «
l'Europe. Il y a bien de l'apparen- «
ce que ce voisinage les a induits en «
erreur, & leur a fait prendre un «
peuple pour l'autre. Ainsi quand ils «
ont dit, que l'olivier leur venoit «
du païs des Hyperboréens, il ont «
voulu dire du païs des Celtes ; dont «
en effet une partie étoit fort sep- «
tentrionale, comme une autre étoit «
au midi, & une autre au couchant. «
A la circonstance près de l'olivier
apporté du païs des Celtes dans la
Grèce, dont j'ai démontré la fausse-

Mem.
Acade-
mie des
Inscript.
t. vij. p.
126.

té , le sentiment de M. l'Abbé Gé-
doyn est probable , & même un des
plus probables : cependant M. l'Abbé Banier l'a combattu , non pas directement , mais par des excursions
littéraires à perte de vûë , où il s'en-
fonce à dessein pour arriver en bou-
linant dans la Colchide , qu'il a choi-
sie pour être le séjour des Hyperboréens. Il combattroit donc bien volontiers , & sans détour , celui de
l'Auteur moderne , puisqu'il donne
infinimènt plus de prise , & qu'il n'est
fondé que sur des hypothêses , qui
ne sont pas recevables.

Mais à dire vrai , il n'en tireroit
aucun avantage en faveur de son sentiment. Il consiste , ainsi que je viens
de le dire , à placer les Hyperbo-
Ibid. p. réens dans *cette partie de la Colchide ,*
141. *qui est voisine du Phase.* Il ne seroit
sûrement pas difficile de rétorquer
contre lui toutes les preuves , qu'il
emplôie pour arriver à sa fin : mais
comme cela me meneroit trop loin ,
je me contenterai de lui faire voir ,
par le témoignage exprès d'un Ecrivain de la derniere antiquité , que la

Colchide & le païs des Hyperboréens, font des païs différens, & fort
éloignés l'un de l'autre. Cet Ecrivain
est l'Auteur des Argonautiques qui
portent le nom d'Orphée, & qui font
plûtôt d'Onomacrite Athénien, qui
vivoit du tems, & fous la tyrannie
des Pififtrates, qui s'emparerent du
gouvernement d'Athenes au commencement de la cinquante - cinquiéme Olympiade. Or ce Poëte,
après avoir conduit les Argonautes
dans la Colchide, & raconté de quelle maniere ils s'étoient rendu maîtres
de la Toifon d'Or, dit que dès qu'ils
en furent en poffeffion, «ils fe rem-«
barquerent; & qu'étant fortis de «
l'embouchure du Phafe, ils cotoïe-«
rent les païs occupés par les Gynı-«
nes, les Buonomes, les Arcyes, «
les Cerœtes & les Gintes; qu'à «
quelques jours de-là ils aborderent «
dans l'ifle de Pœanthe; qu'enfuite «
ils parcoururent le Bofphore Cim-«
merien dans toute fa longueur, & «
entrerent dans le marais Mœotide, «
à l'entour duquel habitent un nom-«
bre innombrable de peuples, qui «

» nourriffent leurs cheveux, tels que
» les Gelons, les Sarmates, les Ge-
» tes, les Gymnées, les Cecry-
» phes, les Arfopes, & les Arimaf-
» pes.

» Le marais Mœotide traverfé,
» continuë Onomacrite, nos voïa-
» geurs prirent leur vaiffeau fur les
» épaules, & le porterent pendant
» neuf jours & autant de nuits, à tra-
» vers une forêt, qui aboutiffoit à
» l'Océan Septentrional, laiffant à
» droite & à gauche les Paêtes, les
» Arties, les Lélies, les Scythes, les
» Taures, les Hyperboréens Noma-
» des, & les Gafpiens. Le dixiéme
» jour, ils arriverent dans une val-
» lée qui étoit au pied des monts Ri-
» phées, au milieu de laquelle cou-
» loit une riviere, où ils jetterent
» leur canot; & par ce moïen ils fu-
» rent portés dans l'Océan, qu'on
» appelle tantôt la mer de Saturne,
» tantôt la mer des Hyperboréens,
» & enfin tantôt la mer morte. Après
» fix jours de navigation, ils abor-
» derent dans la région des Macro-
» vies, qui vivent douze mille mois

de cent années de pleines lunes, «
fans éprouver la moindre incom- «
modité:ils paffent leur vie,exempts «
de peines & de chagrins. Une eau «
plus douce que le nectar leur fert «
de boiffon, & les fruits de la terre «
font tous leurs feftins. La férénité «
eft égale fur le vifage des vieillards «
& des jeunes. Toutes leurs actions «
font reglées par l'équité, & leurs «
paroles font dictées par la pruden- «
ce. «

Au fortir de cette heureufe con- «
trée, les Argonautes entrerent dans «
celle des Cimmeriens. Ces derniers «
font condamnés à ne voir jamais la «
clarté du foleil : car d'un côté les «
monts Riphées & Calpiens qu'ils «
ont au levant, & de l'autre la mon- «
tagne de Phlegre qui eft au midi, «
comme les Alpes qu'ils ont au cou- «
chant leur dérobent toute la lumie- «
re qu'ils pourroient recevoir de cet «
aftre; & par-là ils font toûjours dans «
les ténébres. «

Je laiffe les Argonautes au milieu
de leur courfe, pour obferver que,
felon Onomacrite, felon même tous

les Auteurs de l'antiquité, sans exception d'aucun, la Colchide & le
païs des Hyperboréens sont deux païs
différens, à plusieurs centaines de
lieuës l'un de l'autre; & que l'un est
au levant de la Grèce, & l'autre à son
nord : donc la Colchide n'est, & ne
sçauroit être le païs des Hyperboréens.

Mais ce n'est pas le seul avantage
qu'on doit tirer du recit de notre ancien Poëte : voici quelques observations qui ont échappé à l'érudition
de MM. les Abbés Gedoyn & Banier, qui passent pour avoir épui-
sé la matiére.

La premiere est qu'il y avoit deux
sortes d'Hyperboréens ; les Hyperboréens Nomades, & les Hyperboréens Macrovies. Les premiers é-
toient barbares & cruels ; les autres
au contraire étoient les plus doux de
tous les hommes, & tels que les anciens ont représenté ceux dont nous
parlons. L'espace qui séparoit les uns
des autres étoit d'environ seize journées de chemin, avec cette circonstance, que les Hyperboréens Ma-

crovies étoient situés au voisinage
de la mer glaciale ; ce qui les distin-
gue des Macrovies d'Ethiopie, qui
ont été connus de Dénys Periégete ,
Vers 560. & dont une colonie alla
s'établir dans l'isle d'Erythie après la
mort de Geryon.

La deuxiéme, que les monts Riphées sont sur les côtes de la mer
morte, & par conséquent aux extrémités septentrionales de l'Europe.
C'est donc en vain que quelques modernes, sur l'idée du seul Posidonius
qui ne mérite aucune créance, entre-
prennent de les placer en Occident ,
& de les confondre avec les Alpes.

La troisiéme, qu'Onomacrite ne
place pas les Hyperboréens au même endroit que les autres Auteurs
les mettent. MM. les Abbés Gedoyn
& Banier ont dit la même chose touchant les Ecrivains qui sont venus à
leur connoissance. Cependant les Hyperboréens étoient un peuple qui
peut-être existoit, ou peut-être n'e-
xistoit point. Je serois plus porté à
croire l'un que l'autre ; mais je n'ose
le dire. Je me borne donc à soûtenir

1°. qu'entre tant d'Auteurs qui ont parlé des Hyperboréens, on ne fçauroit en produire aucun, qui ait été dans leur païs, ou qui ait converfé avec eux ; 2°. qu'il eft prefque impoffible de trouver deux Auteurs, qui donnent au païs des Hyperboréens précifément la même pofition. D'où je conclus que c'eft perdre fon huile & fon tems, que de s'amufer à la chercher. Sans compter que c'eft une de ces queftions, qu'un honnête homme ne doit fçavoir, que pour avoir le droit de la méprifer, & de foûtenir qu'elle ne mérite pas, qu'un autre honnête homme s'applique à la développer.

CHAPITRE III.

De toute antiquité les Gaules n'ont eu qu'un feul & même nom.

Pag. 44. »**O**Nomacrite qui vivoit en la cin- »quantiéme Olympiade, ou, fe- »lon d'autres, en la cinquante-cinquié- »me vers le tems de Cyrus, & qui a

écrit les Argonautiques que nous a-«
vons fous le nom d'Orphée, défigne «
laGaule fous un nom affez fingulier: «
car ayant dit , que les Argonautes «
arriverent à l'ifle d'Iernie aux envi- «
rons de l'Océan Septentrional, il a- «
joûte qu'en partant de-là, ils laiffe- «
rent à gauche une ifle couverte de «
pins où étoient les vaftes & fuperbes »
demeures de Cerès; ifle environnée «
de rochers, toûjours ceinte d'un «
nuage , & inacceffible aux mortels. «
L'on ne peut douter à cette defcrip- «
tion, & à fa fituation, que cette ifle «
ne foit la Grande Bretagne. Entre «
cette ifle donc & le païs de Tartef- «
fe, il met l'ifle de Circé & le païs «
Lycéen, puifque Tarteffe défigne «
l'Efpagne , ou comme on l'appel- «
loit autrefois, l'Iberie.Le païs Ly- «
céen, qui eft placé entre la Grande «
Bretagne & l'Iberie, ne peut être «
que notre Gaule. »

Je ne m'arrêterai ici qu'autant qu'il
eft néceffaire de détromper ceux qui
pourroient fe perfuader fur la foi de
l'Auteur moderne, qu'Onomacrite
a défigné la Gaule fons le nom de

païs Lycéen. Ce Poëte n'a pû la défigner, que fous le nom même qu'elle a eu de tout tems chez les Grecs.
Or il eft certain que de tout tems elle
n'a été connuë des Grecs, que fous le
nom de *Celtique*, qui étoit fon véritable nom. C'eft un fait attefté non-
feulement par tous les Géographes
anciens & modernes, & par les Hiftoriens qui parlent de l'établiffement des Phocéens à Marfeille; mais
encore par la fondation de Rhode à
l'embouchure du Rhône, & de Rozes dans la Tarraconnoife : événemens arrivés plufieurs années avant
l'inftitution des Jeux Olympiques,
& par conféquent avant le fiécle où
Onomacrite écrivoit.

Mais quand nous n'aurions pas des
autorités auffi éclatantes, auffi formel-
les, la circonftance marquée par Onomacrite, que le païs Lycéen étoit la
demeure de Circé fille du foleil, fuf-
firoit feule pour convaincre les ef-
prits les plus opiniâtres, que ce païs
n'a rien de commun avec la Gaule ;
puifque l'ifle de Circé, ou pûtôt de
Circée, étoit dans la mediterranée,

& que le pays Lycéen, dont parle Onomacrite, étoit sur les côtes de l'Océan. Une autre raison également forte, qui empêchera tout Auteur, quelque prévenu qu'il soit, de dire, de soupçonner même, que le païs Licéen d'Onomacrite soit la Gaule, c'est que le Poëte la met à trois journées de cette isle, que l'Auteur moderne donne pour être certainement la Grande Bretagne. Mais le trajet de la Grande Bretagne à la Gaule est-il de trois journées ?

Je passe à l'Auteur moderne l'assûrance avec laquelle il dit qu'on ne peut pas douter, que cette *isle couverte de pins, où étoient les vastes & superbes demeures de Cerès ; isle environnée de rochers, toûjours ceinte d'un nuage, & inaccessible aux mortels,* ne soit la Grande-Bretagne. Ces vastes & superbes demeures de Cerès, avec ce qu'ajoûte Onomacrite, que ce fut dans un bois de cette isle, que Pluton ravit Proserpine, tandis qu'elle étoit occupée à cueillir des fleurs, » forment avec la grande Bretagne un contraste, qui saute aux yeux, & empêche

qu'on ne prenne des païs ſi différens
l'un pour l'autre.

CHAPITRE IV.
DE L'ORIGINE DES GAULOIS.
§. I.

*Vraie idée qu'on doit ſe former des
découvertes que Timagéne a faites ſur l'origine des Gaulois.*

Pag. 50. „ UN des plus anciens Auteurs ,
„ qui ait écrit ſur l'origine des
„ Gaulois, eſt Timagéne : il avoit ra-
„ maſſé avec ſoin tout ce qu'il avoit
„ trouvé à ce ſujet dans les Ecrivains
„ qui l'avoient précédé ; & il avoit
„ découvert , dit-on, des choſes juſ-
„ qu'alors ignorées : ſon ouvrage eſt
„ malheureuſement perdu; mais Am-
„ mien Marcellin en a extrait fidéle-
„ ment , à ce qu'il aſſûre , ce que je
„ vais rapporter: j'y fonderai tout ce
„ que j'ai à dire ſur les Gaulois.
„ Quelques-uns ont aſſûré que les
„ premiers habitans des Gaules é-
„ toient des Aborigénes ; qu'ils fu-
„ rent appellés Celtes du nom d'un

Roi qui leur fut cher, & Galates de «
celui de sa mere. »

C'est ainsi que l'Auteur moderne commence le cinquiéme chapitre
de ses Mémoires. Il se propose de
démontrer que des six différens sentimens, qu'Ammien Marcellin rapporte d'après Timagéne sur l'origine
des Gaulois, il n'y en a aucun qui ne
soit vrai à certains égards ; parce,
dit-il, que «l'opinion qui y place «
les Aborigénes, ne parle que des «
premiers habitans qui y parurent. «
Celle qui y conduit l'ancien Her- «
cule, ne parle que des lieux voisins «
de l'Océan, & n'exclut pas entié- «
rement la premiere. Les Druïdes «
dans la leur accordoient au moins «
en partie cette premiere , & ne «
nioient point la seconde. L'arrivée «
de l'Hercule Grec gravée sur des «
monumens, qui semblent annoncer «
quelque antiquité , suppose d'an- «
ciens habitans , & ne détruit, ni le «
sentiment des Druïdes , ni les au- «
tres. L'origine Troïenne n'étoit «
certainement revendiquée, que par «
quelques peuples particuliers; & la «

» fuite même de l'hiftoire nous ap-
» prend qu'il n'y avoit que lesEduens
» dans lesGaules qui y prétendîffent,
» comme étant les feuls, que les Ro-
» mainshonorâffent du nom de freres.
» Enfin fi lesPhocéens s'étoient fixés
» dans la Viennoife , & y avoient é-
» tendu leur nom & leur puiffance ,
» auffi bien que leurs colonies , il eft
» fans difficulté, qu'ils y avoient trou-
» vé des peuples établis avant eux ,
» auxquels on peut appliquer toutes
» les opinions précédentes. »

Voilà donc M. Gibert décidé en
faveur de ce que Timagéne a recueil-
li fur l'origine des Gaulois. *Cet Au-*
teur , dit-il, *eft un des plus anciens qui*
ait écrit fur cette matiere. Si cela eft
vrai , que deviendra l'autorité de
Cefar , qui a écrit plus de quatre cens
ans avant Ammien, qui a fait la guerre dans les Gaules pendant dix ans ,
& qui nous a tranfmis fidélement l'o-
rigine même que les Gaulois fe donnoient , dont néanmoins Ammien ne
fait aucune mention ?

Il avoit , continuë-t'on , *ramaffé*
avec foin tout ce qu'il avoit trouvé à ce
fujet

*fujet dans les Ecrivains qui l'avoient pré-
cedé.* Cet article n'eſt gueres plus certain que le premier : car Callimaque
qui a précedé Timagéne de plus de
deux cens cinquante ans, dit que les
Gaulois étoient de la race des derniers Titans. Οἱ ἐξ ἰῷ Τιτῆνες. *Hymn. in
Delum. Vers.* 174. & c'eſt ce qu'on
ne lit point dans Timagéne ; ſans doute, parce que cette origine s'accor-
doit autant avec celle que Ceſar nous
a fait connoître, qu'elle impliquoit
contradiction avec les fables, dont
Timagéne étoit amoureux. Car enfin, que penſer du ſilence que cet E-
crivain garde ſur l'origine, dont les
Gaulois ſe vantoient ? Mais n'appro-
fondiſſons pas davantage cette queſtion, & contentons-nous de convenir que tout préjugé à part, & eu
égard au Paganiſme répandu dans
tout l'univers, l'origine que Ceſar nous a laiſſée des Gaulois, eſt parfaitement conforme au génie de la
nation, & ſervoit de fondement à un
uſage ſingulier, établi de tout tems
dans les Gaules, qui la faiſoit re-
monter aux ſiécles les plus reculés.

E

Timagéne *avoit découvert*, dît-on, *des chofes jufqu'alors ignorées.* Ammien Marcellin, fur la foi duquel on parle, fe trompe. Timagéne n'a fait des découvertes que dans le païs des fables: encore la plûpart de celles qu'il propofe, fe trouvent-elles dans Diodore de Sicile, dans Denys d'Halicarnaffe, & dans quelques autres Auteurs fes contemporains : ce qui leur ôte le mérite de découvertes.

§. I I.

Ni les Aborigénes d'Italie, ni les Aborigénes des Gaules n'étoient point Liguriens d'origine. Notion exacte du terme Aborigéne.

Pag. 65. » Voilà donc fur quelles autori-
» tés, & par quelles raifons je me fuis
» convaincu, que les Aborigénes d'I-
» talie étoient venus des Liguriens :
» mais je n'ai pû m'empêcher auffi de
» me perfuader, que ceux des Gau-
» les devoient avoir la même origi-
» ne. Un même nom, les mêmes
» mœurs, la même fituation par rap-

port aux Liguriens, ne font pas les «
feuls motifs qui m'ont déterminé ; «
& j'ai cru en trouver de plus forts «
encore dans l'histoire desLiguriens «
& des Celtes. „

L'Auteur moderne auroit dû s'é-
pargner la peine d'étudier toutes les
combinaisons , qui devoient le convaincre que les Aborigénes d'Italie
étoient venus des Liguriens, puisque
le fondement de fa conviction étoit
renverfé dès le tems d'Augufte : car
on lit dans Denys d'Halicarnaffe , *Lib. 1.*
qu'il y avoit alors plufieurs Ecri- *p. 8.*
vains affez FABULEUX, pour foûtenir que les Aborigénes étoient une
colonie des Liguriens , peuple limi-
trophe des Ombriens. Α'ͷοι δὲ Λιγύας
ἀποίκυς μυθολογῦσιν αὐτὴς γενέϑαι , τῶν ἰμο-
ρύττων Ο'μβεικοῖς. Un femblable témoignage de Strabon devoit de même
l'empêcher de donner dans le piege où
fon érudition l'a entraîné, en lui per-
fuadant que ceux qu'il appelle les A-
borigénes des Gaules, avoient la même origine que les Aborigénes d'Ita-
lie : *Quoique les Liguriens,* dit l'excel- *Strab. l.*
lent Géographe que je viens de citer, *1 2 p.*
137.

conviennent affez pour les mœurs avec les
Gaulois, ils ont pourtant une origine différente. Ο῀υτοι δ᾽ ἐτερφθιϊς μὲι ἰισι παρα-
πλήσιοι δὲ τοῖς βίοις. Pour ébranler un
principe auffi conftant, fi ancien, & fi
univerfellement reçu, il faut quelque
chofe de plus, que des inductions tirées par les cheveux de quelques paffages, qu'un homme d'efprit tourne
du côté qui lui eft le plus favorable.

L'Auteur moderne pourroit bien
être cet homme d'efprit : car pour
pouvoir donner aux Gaulois, auffi-
bien qu'aux Aborigénes d'Italie,
une origine Ligurienne, il traduit
ainfi ce paffage d'Ammien Marcellin : *Aborigines primos in his regionibus*
(*Galliæ*) *quidam vifos effe firmarunt.*
„Quelques-uns ont affuré, que les
„premiers habitans qui parurent dans
„les Gaules, étoient des Aborigé-
„nes ; „ au lieu de le rendre ainfi dans
fon fens propre & naturel ; „ Certains
„Auteurs ont affuré, que les pre-
„miers habitans qui ont paru dans les
„Gaules, étoient Aborigénes : „ car
le terme d'*Aborigénes* n'eft point em-
ploié ici pour marquer l'origine, ou

plutôt la race des Gaulois, mais leur
état, leur qualité, en un mot des Au-
tochtones, des Indigénes semblables
à ceux qu'on plaçoit dans divers païs
fort éloignés les uns des autres, qui
ne se devoient rien, qui ne tenoient
ensemble par aucun lien ; & enfin,
qui n'étoient venus d'aucun endroit
de la terre dans celui où ils ont été
connus pour la premiere fois : tels
que Tacite représente les Germains,
qu'il appelle en conséquence Indigénes, terme qui répond exactement à
l'*Aborigénes* de Timagéne, qui a cru
que les Gaulois étoient dans le cas.
Ipsos Germanos Indigenas crediderim,
minimèque aliarum gentium adventibus
& hospitiis mixtos, &c. Tacit. de mor.
Germ. c. 1.

§. III.

Les Liguriens se disoient Ambrons
d'origine, & non pas Ombriens.
Vraïe étymologie du mot Om-
brien.

Plutarque nous apprend que tous « Pag. 65.
les Liguriens se donnoient eux-mê- »

„mes le nom générique d'Ambrons
„ou d'Ombriens ; il sembleroit ce-
„pendant qu'il ait été attribué plus
„particulierement &c. »

Plutarque ne parle que du nom
d'*Ambrons*, que les Liguriens se donnoient : circonstance qu'il étoit du
devoir de cet Historien de marquer,
puisque ce peuple se reconnoissoit
à ce nom. L'Auteur moderne va
au-delà de ce devoir ; sur l'idée
qu'*Ambrons* & *Ombriens* sont termes
synonymes, il avance au nom de Plutarque, que les Liguriens se donnoient eux-mêmes le nom ou d'Ambrons, ou celui d'Ombriens : ce que
l'Historien Grec n'a garde de faire,
parce qu'au fonds ce sont deux noms
aussi différens, que les peuples mêmes qu'ils désignent.

Pag. 66. „De-là même se tiroit le nom
„d'Ambrons ou Ombriens, du mot
„Grec ὄμβρος, qui signifie pluïe. »

L'Auteur moderne continuë de
supposer que le nom d'*Ambron* est le
même que celui d'*Ombrien*, sans se
mettre en peine de le prouver. Comme la supposition a tout l'air d'un

conte de Fées, on le prie de vouloir bien produire les titres, qui constatent l'identité.

Quant au Grec ὄμκεος, dont il dérive, avec plusieurs anciens, le nom d'*Ombrien*, je crains fort qu'il ne le mette mal avec Cluvier; car cet Auteur le dérive du Latin *Umbro*, qui est le nom d'une riviere d'Italie, qui arrosoit le païs des Ombriens.

C'est par *la crainte du déluge* en- « Pag. 67.
core que les anciennes villes étoient «
bâties sur la cime des montagnes, «
comme l'a très-bien remarqué le «
sçavant Prideaux dans ses notes Hi- «
storiques sur la Chronique de Pa- «
ros. *p.* 97. »

Si la crainte du déluge a porté les hommes à bâtir les villes sur la cime des montagnes, d'où vient que les Hébreux & les Juifs bâtissoient aussi les leurs sur des lieux élevés, quoiqu'ils fussent exempts d'une pareille crainte sur la foi de l'alliance, que Dieu contracta avec Noë au sortir de l'arche ?

§. IV.

Absurdités avancées touchant les Liguriens.

Pag. 71. „ C'est donc sans difficulté par de
» telles colonies, que les Liguriens,
» renfermés d'abord dans les Al-
» pes, s'étendirent des deux côtés
» de ces montagnes, & peuplerent
» non-seulement l'Italie, mais encore
» cette partie des Gaules, que l'on
» appelloit proprement la Celtique;
» c'est-à-dire, suivant ce que j'ai éta-
» bli au commencement de ces Mé-
» moires, tous les païs qui sont con-
» tenus entre les Alpes, la Garonne
» & l'Océan. „

Il y a plaisir de voir l'air aisé, avec
lequel l'Auteur moderne, après avoir
p. 66. débité, que les Liguriens *étoient un
peuple si ancien, que les Histoires ne re-
montoient à son origine, qu'en remontant*
p. 57. *au tems du déluge; que les Liguriens
étoient la premiere peuplade, qui parut*
68. *dans ces contrées après le déluge; que
les Liguriens, l'une des peuplades sans
doute, qui sortirent des champs de Sen-*

naar, s'établirent dans les *Alpes*, où ils
crurent trouver un azyle contre une seconde inondation ; que c'est dans cette
contrée toute sauvage qu'elle est, qu'ils
se multiplierent, & devinrent très puis-
fans en assez peu de tems, comme il résulte de leurs conquêtes, de leurs exploits
célebrés par les fables, du progrès de leurs
colonies ; qu'ils chafferent les *Sicaniens*
de l'*Iberie* ; enfin qu'ils donnerent à
l'*Italie* ses premiers habitans, *Ombriens*,
Aborigénes, *Volces*, *&c.* nous annonce encore qu'*ils peuplerent cette partie
des Gaules, que l'on appelloit proprement
la Celtique.* En lifant ce détail cir-
constancié, on diroit qu'il a affifté à
leur naiffance, qu'il a été préfent à
leur départ des champs de *Sennaar*,
qu'il a été le compagnon de leurs
voïages, qu'ils n'ont fait aucun pas,
qu'il n'ait fait avec eux, qu'il a partagé leur fortune, qu'il les a aidés
dans toutes les conquêtes qu'ils ont
faites dans l'*Italie*, dans l'*Iberie* &
dans les *Gaules*, & qu'ils n'ont pû fe
paffer de lui, que quand il les a eu
mis en poffeffion de cette partie des
Gaules, que l'on appelloit propre-

ment la Celtique. Comme je ne
prends aujourd'hui aucun intérêt à
l'Italie & à l'Iberie, je lui passe toutes les vastes acquisitions, qu'il prétend que les Liguriens ont faites dans
ces deux regions. Mais je ne sçaurois
avoir la même déférence à l'égard
de ce qu'il écrit de la Celtique proprement dite, que c'est les Liguriens
qui l'ont toute peuplée. Sur quoi il
me vient une infinité de doutes, que
je ne puis résoudre ; par exemple,
pourquoi les Liguriens auroient peuplé la partie des Gaules appellée la
Celtique, & n'auroient point peuplé
les deux autres, l'Aquitanique & la
Belgique ?

§. V.

Etendüe exacte du païs, que les
Liguriens ont occupé dans les
Gaules. Ils y ont toûjours été
regardés comme étrangers.

Pag. 72. „ Il est certain d'abord en effet,
„ qu'ils occuperent presque tout le
„ païs, qui est entre les Alpes & le
„ Rhône.....”

C'eſt de-là que s'étendant de pro-«
che en proche, les Liguriens s'a-«
vancerent juſqu'à Narbonne & aux «
Pyrenées. „

Il eſt bien vrai, que les Liguriens
occuperent dans les Gaules preſque
tout le païs, qui eſt entre les Alpes
& le Rhône. Strabon, d'où ces paroles ſont tirées, ajoûte, & le *Luerion* ; & comme on ne connoît point
de *Luerion* dans les Gaules, l'Auteur
moderne ſubſtituë à ce mot celui de
Leberon, qui, dit-il dans une note,
aboutit près de Cavaillon. Mais l'Auteur s'apperçoit-il qu'il n'y a dans
les Gaules quoique ce ſoit du nom
de *Leberon*, qui aboutiſſe près de Cavaillon ; & qu'il s'agit ici poſitive-
ment d'une riviere, qui termine au
nord le païs des Liguriens, comme
la mediterranée le terminoit au midi, & Monaco avec le Rhône le terminoit, le premier au levant, & le ſecond au couchant ? Car c'eſt ce que
Strabon dit en termes exprès : Il eſt
vrai que dans ce Géographe le nom
de la riviere qui terminoit au Septentrion le païs des Liguriens, eſt au-

E vj

jourd'hui défiguré; mais pour peu
qu'on veuille y faire attention, on
découvre aisément que c'est la Durance que Strabon a marqué.

Je passe sous silence que l'Auteur
moderne confond sans doute le *Cala-*
von, qui est une petite riviere de Pro-
vence, avec Cavaillon, ville considérable de la même province; parce
qu'il a trouvé dans Baudran, que *le*
Leberon étoit une montagne, qui s'é-
tendoit du levant au couchant l'espace de quelques lieuës sur la *fron-*
tiére du Dauphiné, entre la Durance au
midi, & la ville d'Apt, & la riviere de
Calavon au Septentrion.

Mais sans m'arrêter à ces sortes
de *qui pro quo*, M. Gibert me per-
mettra de lui représenter, qu'au lieu
de ces paroles, les Liguriens *s'éten-*
dant de proche en proche, s'avancerent
jusqu'à Narbonne & aux Pyrenées; il
devoit dire, que les Arvernes étendirent leur empire d'abord jusqu'à
Narbonne, & ensuite jusqu'aux con-
fins de Marseille, & qu'ils subjugue-
rent les peuples qui étoient entre
les Pyrenées, l'Océan & le Rhin,

Διτεινα δ᾽ ε τὼ ἀρχὼ δι Α᾽ρκέριοι μέχρι Ναρ-
βῶνος, χαὶ τῶι ὅραι τῆς Μασσαλιώτιδδος. ἐχρά-
ται χαὶ τῶν μίχει Πυρίνης ἰθνῶι, χαὶ μίχει
Ωκιανῦ χαὶ Ρίνυ. *Strab. l. iv. pag.* 191. *c.*

Ainſi bien loin que les Liguriens fîſ-
ſent des conquêtes ſur les Celtes, les
Celtes en faiſoient ſur eux, & repre-
noient une partie du païs, que les Liguriens leur avoient autrefois enlevé. Car comme je l'ai déja dit &
prouvé, les Liguriens n'étoient point
Celtes ; ils s'étoient ſeulement entés
ſur les Celtes dans cette partie de la
Celtique, qui confine aux Alpes, &
par laquelle ils s'étoient gliſſés inſenſiblement dans les Gaules. Auſſi y
étoient-ils regardés comme des é-
trangers & des uſurpateurs : témoin
la généroſité avec laquelle Bellovéſe conduiſant ſa colonie de Celtes en *Tit.*
Liv. l.
v. c. 34.
Italie, ſe déclara contre eux en faveur des Phocéens, qui vouloient
s'établir dans la Ligurie Celtique, &
qui s'y établirent en effet par l'autorité & le ſecours de ce Prince, lequel, ſuivant ſes régles de politique
ou de ſuperſtition marquées dans Tite-Live, étrangers pour étrangers,

aima mieux les derniers venus, que
les premiers.

§. VI.

*Paradoxe inoüi sur la signification
du mot* Ibere. *Les Liguriens se
font bien établis en Espagne,
mais non pas dans les païs, que
les Volces des Gaules occupoient.*

Pag. 73.   „ En forte que l'on doit mettre les
» Volces Arecomiques & les Volces
» ectofages au nombre de leurs co-
» lonies & de leurs peuplades. Que
» les Liguriens aïent encore occupé
» ces contrées, c'eft ce qui réfulte
» des témoignages de Thucydide &
» de Philiftus, lorfqu'ils nous affû-
» rent que les Liguriens s'établirent
» dans l'Iberie : car Strabon nous
» apprend, qu'avant fon tems, & par
» conféquent du tems des Hiftoriens
» que nous venons de nommer, on
» entendoit par Iberie tous les pays
» qui font au-delà du Rhône. „
    Ces dernieres paroles femblent re-

nouveller le paradoxe, que le Sieur, Pelloutier a répandu en plusieurs endroits de son Histoire des Celtes, principalement à la page 114, où il dit, qu'*il est certain qu'anciennement le nom d'Iberes n'étoit pas particulier aux Espagnols, mais qu'il désignoit en général un peuple établi au delà d'une montagne, d'un fleuve, d'une mer.* Je veux trop de bien à l'Auteur moderne, pour n'être point fâché, en considération de l'estime que j'ai conçuë pour lui, de ce qu'après avoir relevé à propos M. Pelloutier en quelques occasions, il adopte de cet Auteur une chimere semblable à celles qu'il a combattuës.

Non: il ne résulte en aucune façon des témoignages de Thucydide & de Philistus, que les Volces Arecomiques & les Volces Tectosages aïent été, ou pû être du nombre des colonies & des peuplades des Liguriens. Il résulte seulement du texte de ces Historiens, qu'*une colonie des Liguriens alla s'établir en Espagne, d'où elle chassa les Sicaniens.* Quant à Strabon, ni ce que ce Géographe

dit, ni ce qu'on lui fait dire, n'infinuë pas que les Liguriens aïent eu
un pouce de terre dans la contrée que
les Volces Arecomiques & les Volces Tectofages occupoient. Voici
fes paroles : *Autrefois on appelloit Ibe-*
rie le continent qui eſt au-delà du Rhône
& de l'Iſthme, qui s'étend juſqu'au gol-
fe de Leon. Καὶ τ᾿Ιϐρείαν ὑπὸ μὲν τῶν πρω-
τέρων καλεῖθαι πᾶσαν τὴν ἔξω τῦ Ῥοδανῦ,
χαὶ τὸ Ἰσθμῦ τῦ ὑπ᾿ τῶν Γαλατιχὸν κόλπον
σφιγγομένην. *Strab. Lib. III. p.* 166. *B.*
Strabon fe foûtient parfaitement ; il
venoit de dire, que les Liguriens
d'en-deçà des Alpes s'étendoient jufqu'au Rhône : à préfent il dit que la
partie de la Celtique enfermée entre
le Rhône & les Pyrenées, portoit
autrefois le nom d'Iberie : ainfi il n'a
garde de placer des colonies de Liguriens dans ces quartiers, & de fe
contredire.

§. VII.

Quel cas il faut faire du Periple de
Scylax. Pourquoi la partie de la
Celtique renfermée entre le Rhô-
ne & les Pyrenées étoit appellée

Iberie. *Ce que Scylax entend par* les Liguriens & les Iberes mêlés ensemble.

Mais ce qui doit lever toute dif- « Pag. 75.
ficulté, c'est ce passage positif de «
Scylax, Géographe très-estimé «
chez les anciens, qui dit que le païs «
qui est depuis l'Espagne jusqu'au «
Rhône, est occupé par des Ligu- «
riens & des Iberiens ; d'où il suit «
nécessairement, que les Liguriens «
avoient réellement étendu leurs «
colonies dans le païs, qui est immé- «
diatement au-delà du Rhône. „

Il faut que l'Auteur moderne ait
consulté d'autres Ecrivains que Vos-
sius, sur le cas qu'il dit que les anciens faisoient de Scylax : car Vos-
sius rapportant ce que les anciens,
qu'il avoit lûs, pensoient de ce Géographe, dit en propres termes dans
la petite Préface qu'il a mise à la tête
du Scylax qu'il a fait imprimer, *Inter mendacissimos Geographorum* APUD
VETERES *etiam audit Scylax, quòd fa-
bulosa multa, de monstrosis hominum for-
mis, retulerit. Sed hoc omnibus fuit Geo-*

graphis & Hiſtoricis uſitatum & ſolemne, ut ubi ad communis orbis habitati, & ſua cognitionis deveniſſent terminos, quò igno- rantiam ſuam hac in parte excuſarent, aut plus aliis viderentur ſapere, maria algâ & cæno, aut frigore concretâ, ter- ras horridis invias montibus, aut æſtu exu- ſtas, mentirentur.

Mais venons au paſſage ſur lequel l'Auteur moderne ſe fonde, & voïons s'il eſt auſſi poſitif, qu'il le prétend. *Aprés les Iberes*, dit Scylax, *on trouve des Liguriens & des Iberes mêlés enſemble juſqu'au Rhône.* Α'πò Γ'βί- ϱων ἔχοντοι Λίγυις καὶ Γ'βηϱις μιγάδις ,μίχϱι ποπμῦ Ρ'οδανῦ. Quand les Iberes, après leſquels, ſelon Scylax, on trouvoit des Liguriens, ſeroient les Iberes mêmes, qui n'étoient ſéparés des Gaulois que par les Pyrenées, je ne trouve pas dans Scylax, non plus que dans Strabon, que *les Liguriens*, s'étendant de proche en proche, ſe ſoient avancés juſqu'à *Narbonne* & aux *Py- renées*; en ſorte que l'on doive mettre les *Volces Arecomiques* & les *Volces Tec- toſages* au nombre de leurs colonies. J'y découvre au contraire que le païs;

qui s'étendoit depuis les Pyrenées
jufqu'au Rhône , étoit occupé par
les Volces Tectofages & les Volces
Arecomiques, que Scylax appelle
Iberes, ainfi que Strabon l'a obfervé,
au milieu defquels étoient venus ha-
biter certains Liguriens d'au-delà du
Rhône. De quelque fens qu'on tourne les paroles de notre ancien Géographe , on n'y découvrira aucun
veftige de colonie Ligurienne. Les
Liguriens, dont il y eft parlé , doivent s'entendre de quelques familles
particulieres, que le voifinage avoit
attirées dans un climat plus doux , &
dans des campagnes plus fertiles.

Mais pofé le cas, que Scylax eût
dit, que les Volces Arecomiques ,
les Volces Tectofages, & les autres
peuples qui habitoient l'entre-deux
du Rhône & des Pyrenées , tiroient
leur origine des Liguriens : quel
fonds pourroit-on faire fur un Auteur, qui n'a pas eu la moindre connoiffance des Gaules, qui n'en a pas
dit même un feul mot , non plus que
des plus grandes contrées de l'Europe, & qui renferme tout ce qu'il dit

de l'Espagne dans les seuls termes
d'Iberie , d'Iberes , de Colonnes
d'Hercule, de Gades, & d'Empuries?

Et c'est peut-être ce qui peut nous
aider à découvrir une chose qui a
été ignorée jusqu'ici ; sçavoir , pourquoi la partie de la Celtique, qui
étoit renfermée entre le Rhône & les
Pyrenées, a porté le nom d'Iberie :
C'est , je crois , que les Grecs , qui
font les seuls peuples de l'antiquité ,
qui aïent tracé des ébauches assez
brutes de notre histoire , allant pour
leur commerce à Tartesse & aux Colonnes d'Hercule, qu'ils plaçoient à
l'extrémité de l'univers , ne connois-
soient que les côtes qui y condui-
soient , sans être autrement informés
des peuples qui les occupoient : Et
comme d'un côté une bonne partie
de l'Espagne étoit remplie de peuples Celtes , & que de l'autre les
Grecs en revenant de Tartesse, relâchoient en quelque port des Gaules : sur la ressemblance qu'ils trouvoient entre les peuples, qu'ils venoient de quitter en Espagne , avec
ceux qui les recevoient dans la Cel-

tique, ils prenoient ces derniers pour
de véritables Iberes. Et à dire vrai,
il étoit difficile qu'ils n'y fûssent pris,
sur-tout dans un tems où l'établissement des Celtes en Espagne devoit
être récent ; puisque dans des tems
fort bas Strabon fait foi, que cette
ressemblance duroit encore entre les
Espagnols & les Aquitains.

Une autre raison également forte
& solide, qui a fait que les Grecs
dés premiers tems ont traité d'Iberes les Celtes du païs dont nous parlons, c'est que *les Phocéens, qui sont*
les premiers entre tous les Grecs, qui
aïent découvert la mer Adriatique, la
mer Tyrrhénienne, l'Iberie proprement
dite, & Tartesse, n'ont eu aucune
connoissance des Gaules. Ce n'est
point qu'ils pûssent faire le trajet de
l'Asie mineure en Espagne & à Tartesse, sans relâcher dans quelque
port des Gaules : mais comme le
port des Gaules où ils relâchoient,
étoit toûjours à l'embouchure du
Rhone, & que de-là ils se rendoient
directement en Espagne, ils crurent,
au moins dans les tems dont nous

§ Herod.
l. 1. cap.
63.

parlons , que les peuples , qui habitoient les côtes qui étoient à la droite du Rhône , étoient des Iberes. De-
là vient que la bouche du Rhône ,
qui féparoit le païs des Volces de la
Ligurie Tranfalpine ou Celtique ,
s'appelloit encore du tems de Pline
l'embouchure Efpagnole : *Libica ap-*
pellantur duo ejus ora modica ; ex bis al-
terum Hifpanienfe , alterum Metapi-
num , parce qu'elle regardoit l'Efpagne , & étoit au couchant.

Plin. l.
111.n.5.

Au refte , quand pour lever la
difficulté que fait M. Gibert , nous
n'aurions d'autres raifons à donner
que l'ignorance des Grecs , tout efprit raifonnable devroit s'en conten-
ter : car touchant notre Occident ,
on ne fçauroit dire jufqu'à quel point
ils l'ont portée,& combien ils ont défiguré notre Géographie.

Jufqu'ici j'ai mis les chofes au pis :
j'ai expliqué le paffage de Scylax
comme on l'explique ordinairement ;
mais il s'en faut bien que ce Géographe ait été entendu , & qu'ainfi il ait
placé des Iberes dans les Gaules ; ni
que les Liguriens dont il parle , foient

Ceux qui étoient immédiatement ou
au-delà, ou en-deçà du Rhône. Les
Iberes qu'il met au-delà des Liguriens, font les originaires du païs,
qui occupoient les Provinces qui s'é-
tendoient depuis Tarteffe & les Colonnes d'Hercule, jufqu'à Empuries;
de même, les Liguriens que Scylax
dit être mêlés avec les Iberes, c'eft
la colonie des Marfeillois établis à
Empuries, qui, avec les naturels du
canton, occupoient une ville, qui en
renfermoit deux dans une même &
feule enceinte : en forte cependant
que la ville étoit partagée en deux
par un mur, qui formoit deux villes
parfaites, dont l'une étoit occupée
par les Marfeillois, & l'autre par les
Iberes. Le quartier des Marfeillois
étoit fur la mer, & celui des Iberes
regardoit les terres. Scylax traite les
Marfeillois de Liguriens, parce que
Marfeille leur métropole étoit dans
la Ligurie Tranfalpine.

Les Marfeillois avoient deux autres colonies en Efpagne, Rozes &
Hemerofcopium, & une quatriéme
au moins dans le païs des Volces,

qui étoit Agde. Quoique Scylax n'en dife rien, il eft vifible, qu'il les comprenoit dans les paroles qu'on cite de fon Periple ; & comme les Marfeillois tenoient par tout à peu près la même conduite qu'à Empuries, & y obfervoient les mêmes chofes, il eft certain que c'eft des Marfeillois d'Empuries, de Rozes, d'Hemerofcopium, & d'Agde, qu'il dit, qu'*après les Iberes venoient des Liguriens & des Iberes mêlés enfemble.* Et pour fe convaincre que je n'avance rien, qui ne foit exactement vrai, il fuffit de jetter les yeux fur ce qui précede & fuit ce paffage : le voici tout entier tel qu'on le lit dans l'original. *Les premiers hommes de l'Europe,* dit Scylax, *font les Iberes peuple de l'Iberie. Le fleuve Iberus. Il y a dans cette contrée deux ifles qu'on appelle Gades ; dans une defquelles il y a une ville, qui eft à une journée des Colonnes d'Hercule. Enfuite eft un comptoir, érigé en ville Grecque, à qui on a donné le nom d'Empuries : fes habitans font une colonie des Marfeillois. Il faut fept jours & fept nuits pour ranger les côtes d'Iberie.*

rie. *Après les Iberes viennent les Ligu-*
riens & les Iberes mêlés enfemble. Les
Liguriens emploïent deux jours & une
nuit à faire le trajet d'Empuries à l'em-
bouchure du Rhône.

Il y auroit ici une infinité de réflexions à faire ; mais je les con-
centre toutes en un fort petit nombre, qui fervent à répandre quelques
lumieres fur nos antiquités.

La premiere eft que Scylax n'a
point connu d'autres Liguriens que
les Marfeillois ; & qu'ainfi l'Auteur
moderne ne fçauroit conclure, ni des
Liguriens que Scylax place entre l'I-
berie & le Rhône, ni des colonies
qu'il eft certain que les véritables Liguriens ont conduites en Efpagne, que
les Volces des Gaules euffent une
origine Ligurienne.

La feconde eft, que quand on fup-
poferoit que Scylax a connu les véritables Liguriens, on ne pourroit
pas inférer des conquêtes que ce peu-
ple a faites dans l'Iberie, qu'il *fe foit* P. 75.
emparé du païs des Volces, qui eft entre
leur païs originaire & les Efpagnes;
parce que c'eft par mer, & non par

F

terre que les Liguriens conduifoient leurs colonies dans l'Iberie. *Vide Strab. in Paulo Æmil. p. 257.*

La troifiéme eft, que Scylax n'a connu de toutes les Gaules, que le Rhône & la ville de Marfeille ; & qu'ainfi il n'a pû placer des Iberes dans le païs des Volces, puifqu'il n'en avoit aucune teinture.

La quatriéme eft, qu'en rappor-tant au regne de Darius fils d'Hyf-tafpe le tems où Scylax a écrit & vê-cu, comme le fait Fabricius fur des raifons qui me paroiffent convain-cantes, les Marfeillois avoient fait en Efpagne l'établiffement d'Em-puries & d'Hemerofcopium, avec l'acquifition de Rhozes avant l'an 269 de Rome, qui eft l'année de la mort de Darius.

La cinquiéme eft, qu'il y a dans Juftin un endroit paralléle à celui de Scylax. En effet, ce que ce dernier appelle *des Liguriens & des Iberes mê-lés enfemble*, Juftin l'honore du nom d'alliances entre les Marfeillois & les Iberes : ce qui porte l'établiffement des Gaulois & des Marfeillois en Ef-pagne à des tems fort reculés.

Bibl. Græc. t. iij. p. 31.

Juftin. hift. xliij. cap. 5.

§. VIII.

Vrai sens d'un passage de Plutarque. Pourquoi les Phocéens de Marseille ont été quelquefois appellés Liguriens.

Et je trouve en effet que Plutar- " 76.
que & Etienne de Byzance ont "
donné à ce même païs le nom de "
Ligurie , & à ses habitans ce- "
lui de Liguriens : ce qui ne peut "
être fondé certainement , que sur "
ce que les Liguriens le possedoient "
& l'avoient peuplé. »

Je ne suis nullement surpris, que
l'Auteur moderne ait cru que Plutarque donnoit au païs des Volces
le nom de *Ligurie*; il a suivi en cela
le sentiment des *judicieux Collecteurs* P. 75.
de nos Historiens ; & ces derniers ont
adopté à l'ordinaire celui des Auteurs
de l'Histoire Générale de Langue-
doc : Mais avec tout le respect & toute l'estime que j'ai pour les uns & pour
les autres , j'ose assûrer qu'ils n'ont
point pris le sens de Plutarque. En ef- *In Ma-*
fet, cet Historien, par ces paroles, Ἀμ- *ris. 413.*

F ij

βρριεξ διὰ Λιγύαν ἐπὶ Μά ειον τὸςχὺ θάλατ-
ται, ne veut point dire que *les Teutons & les Ambrons traverserent la Ligurie en cotoiant la mer pour aller attaquer Marius*, mais que ces barbares
*marcherent contre Marius, qui s'étoit
retranché dans la Ligurie au voisinage
de la mer.* Ma raison est que la Ligurie ne s'est jamais étenduë en-deçà
du Rhône, comme Strabon le dit en
termes exprès. Aussi s'en faut-il bien
qu'Etienne de Byzance favorise le
sentiment contraire, comme on peut
s'en convaincre en jettant les yeux
sur l'endroit indiqué ; Ἀγάθη, πὸλις
Λιγύαν, ἢ Κελτᾶν. *Agde ville des Liguriens, ou des Celtes.* Agde en effet
étoit dans le païs des Volces, &
dès-là dans la Celtique : cependant comme elle avoit été bâtie par
les Marseillois, dont la métropole
étoit assez avant dans la Ligurie
Transalpine, elle étoit appellée quelquefois ville des Liguriens, ainsi que
les habitans d'Empuries, comme nous
l'avons vû plus haut.

Pag. 76.

„ Aussi le nom d'Ombriens, ce
„ nom générique de toute la nation

Ligurienne, s'y retrouve prefque "
fans aucun changement dans celui "
des Ombraniciens. "

L'Auteur moderne établit pour
principe, que le nom d'Ombriens eft
le nom générique de toute la nation
Ligurienne, & tire de-là des inductions relatives à fon fyftême. Mais
s'il veut qu'on lui paffe les inductions, on le prie une feconde fois,
avant toutes chofes, de faire recé-
voir fon principe. Jufqu'à ce qu'il le
faffe, on ne trouvera pas plus les
Ombriens de l'Italie dans les Ombraniciens de la Celtique, qu'on
trouve les Libuens Gaulois dans les
Lybiens d'Afrique.

§. IX.

Les Liguriens étoient auffi diffé-rens des Volces d'Italie, que le païs même qu'ils occupoient.

Le nom même de Volces, fous " Pag. 76.
lequel étoient compris les deux "
premiers & principaux peuples des "
Celtes d'entre le Rhône & les Py- "
renées, eft un nom finguliérement "

„ ufité dans les colonies Ligurien-
„ nes : tels étoient en effet les Vol-
„ ces en Italie ; & de même qu'en
„ Italie ce nom étoit général à plu-
„ fieurs peuples diftingués entre eux
„ par d'autres noms propres joints à
„ celui de Volces, comme les Vol-
„ ces Ecetraniens, les Volces An-
„ tiatés, les Volces Pometiens, &c.
„ de même les Volces des Gau-
„ les joignoient à ce nom de Vol-
„ ces un autre nom particulier,
„ qui les diftinguoit entre eux, com-
„ me Volces Arecomiques, Volces
„ Tectofages. „

Le nom de Volces, que portoient
les deux premiers & principaux peuples des Celtes d'entre le Rhône &
les Pyrénées, ne prouve pas plus,
que ces peuples fûffent Liguriens
d'origine ; qu'il prouve que les Ecetraniens, les Antiates, les Pometiens, & les autres peuples d'Italie
qui le prenoient, avoient une origine Celtique. Avant d'inférer du nom
de Volce une origine Ligurienne
pour les peuples des Gaules qui en
étoient décorés, il faut examiner, fi

les Liguriens ont poffedé en aucun
tems un pouce de terre dans le Latium, où étoient toutes les Cités que
nomme M. Gibert, & s'ils y ont jamais mis le pied : 2°. Si ces mêmes
Cités ne faifoient point partie d'un
peuple particulier & confidérable du
Latium, qui portoit de tout tems,
& indépendamment des Liguriens, le
nom de Volces, & l'avoit communiqué à toutes les Cités, dont il étoit
compofé : 3°. Si la Ligurie n'étoit pas
à quelque cent cinquante lieuës du
païs des Volces du Latium : 4°. enfin, fi les Liguriens, les Volces du Latium, & les Volces de la Celtique
n'étoient point trois peuples auffi différens entre eux, qu'ils l'étoient chacun en particulier des Phocéens de
Marfeille, que Scylax qualifie de Liguriens.

§. X.

Les habitans de là Gaule Aqui-
tanique fe donnoient une origi-
ne Grecque.

La feconde opinion propofée par « ¹ ag. ¹⁵.
F iiij

,, Timagéne fur l'origine des Gau-
,, lois, eft que des Doriens, qui fui-
,, virent l'ancien Hercule, s'établi-
,, rent fur les côtes de l'Océan. ,,

C'eft fans doute fur la foi de cette
fable, que les Aquitains du tems de
S. Jerôme fe donnoient des Grecs
pour ancêtres : *Maximè cùm Aquitania Græcâ fe jactet origine.* Comment.
ad Galat. prolog. lib. 11. c. 3.

Pag. 94.   ,, Ce n'eft pas fans raifon, que j'in-
,, fifte fur tous ces points, & je vais
,, en tirer des preuves, que les Do-
,, riens que l'on dit qu'Hercule l'I-
,, déen conduifit fur les côtes de l'O-
,, céan, ne font autre chofe que les
,, Druïdes, Prêtres célebres de l'an-
,, cienne Religion des Gaulois. ,,

Alfana vient d'*Equus* fans doute :
Mais il faut avoüer auffi,
Qu'en venant de-là jufqu'ici,
Il a bien changé fur la route.

§. XI.

*Les myſteres que les femmes des
Amnites des Gaules célebroient,
étoient étrangers à la Religion*

'dés Gaulois. Différence effen-tielle entre les *Amnites* & les *Druïdes.*

Ces myfteres devoient leur ori- " Pag. 98.
gine aux Idéens ; auffi étoient-ils "
connus & pratiqués dans les Gau- "
les par les femmes des illuftres Am- "
nites , comme dit Denys le Perie- "
géte , c'eft-à-dire, des Druïdes. „

J'ai ici plufieurs doutes ; 1°. fi les
myfteres dont on parle , faifoient partie effentielle de la Religion des
Druïdes : 2°. fi faifant partie effentielle de la Religion des Druïdes, ils
devoient être célebrés par des femmes , & non par des hommes : 3°. enfin fi *Amnites* & *Druïde* font fyno-
nymes , attendu qu'*Amnite* eft le nom
d'un peuple des Gaules, fitué au voifinage de l'embouchure de la Loire ;
& que *Druïde* au contraire marquoit
une profeffion dans les Gaules, qu'em-
braffoient des particuliers tirés de
toutes les Cités , lefquels enfemble formoient un corps , qui étoit le
dépofitaire des loix, des myfteres de
la Religion, de l'adminiftration de la

Juftice, & de toutes les fciences; &
en conféquence étoit répandu dans
toutes les Gaules.

§. XII.

Les Druïdes, par la conftitution
　fondamentale de leur état, é-
　toient & devoient être répandus
　dans toutes les Gaules. Leurs
　fonctions, leurs emplois, leurs
　prérogatives, &c.

Pag. 103.　„ Ainfi il me femble qu'il eft hors
„ de doute, que le féjour principal
„ & originaire des Druïdes fe trou-
„ voit vers l'Océan, c'eft-à-dire,
„ aux mêmes lieux, où l'on affûre
„ que s'étoient établis ceux qu'Her-
„ cule l'Idéen amena avec lui; & il
„ ne me refte plus qu'à montrer, que
„ les Compagnons ou Sectateurs de
„ ce Philofophe Cretois, avoient le
„ même nom que les Druïdes. „

　Autre chofe eft de prouver, qu'en
l'ifle de Sain les femmes des Amnites célebroient les myfteres; &
qu'au tems d'Aufone, il y avoit des

Druïdes originaires du canton de
Baïeux ; & autre chofe, de dire que
le féjour principal & originaire des
Druïdes fe trouvoit vers l'Océan :
l'un ne fuit certainement pas de l'autre. D'ailleurs, la circonftance des
femmes des Amnites, célébrant les
myfteres dans une ifle de l'Océan, ne
fait rien au féjour que les Druïdes
faifoient ou pouvoient faire vers l'O-
céan. Quoiqu'il en foit, je voudrois
fort que l'Auteur moderne s'apper-
çût, qu'en faifant tant d'efforts pour
affigner un tel féjour aux Philofo-
phes de nos ancêtres, il renverfe entierement la conftitution fondamentale de leur état. En effet, outre
qu'ils formoient un corps diftribué
dans prefque toutes les Provinces
des Gaules, qu'ils y avoient des Colléges & des établiffemens pour éle-
ver la jeuneffe, principalement la
plus qualifiée ; qu'entre les priviléges
exceffifs, dont ils étoient en poffeffion, le principal étoit de créer tous
les ans dans chaque Cité celui qui
devoit la gouverner avec l'autorité,
& quelquefois avec le nom de Roi ;

qu'ils étoient par-tout les Conseil-
lers-nés des premiers Magistrats ;
qu'il n'y avoit qu'eux de Médecins
dans les Gaules ; que les Gaulois
n'offroient aucun sacrifice sans appeller les Druïdes, dans la persuasion où
l'on étoit qu'on ne devoit rien demander ou attendre des Dieux , que
par l'entremise de ceux qu'on sçavoit
en être favorablement écoutés ; la
circonstance marquée par Cesar, que
les Druïdes se rendoient exactement
tous les ans dans un lieu consacré du
païs Chartrain, pour y tenir des plaids
généraux, parce que ce lieu passoit
pour être le centre des Gaules, insinuë
assez clairement , que les Druïdes ne
venoient pas dans le Chartrain seulement du païs des Amnites , & du canton de Baïeux , mais qu'ils s'y as-
sembloient aussi de toutes les Cités ,
où ils avoient des Colléges , où ils
exerçoient la médecine , où ils pro-
nonçoient sur les débats & les inté-
rêts des particuliers , où ils offroient
des sacrifices , où ils aidoient les Magistrats de leurs conseils , où ils ré-
pondoient aux questions qu'on leur

faifoit fur l'avenir, où ils faifoient la
cérémonie de cueillir le Gui de chê-
ne, le Selage & le Samolum, plantes
qui naiffoient dans toutes les Gaules ;
où ils recevoient en l'air l'œuf qu'ils
appelloient *Anguinum* : où enfin, quand
l'envie leur en prenoit, ils faifoient
foulever les Gaules. Or il n'y avoit
gueres qu'un tiers des Gaules, dont
les côtes fûffent baignées par l'O-
céan : cependant les Druïdes étoient
répandus dans toutes les Cités, non-
feulement, de l'ancienne Celtique,
dont les côtes maritimes étoient fur
la méditerranée, mais encore dans
celles qui étoient dans le cœur des
Gaules, comme celles des Eduens,
des Arvernes, des Sequanois, des
Remois, des Senonois, des Lingonois, des Mediomatrices, & une infinité d'autres, qu'il eft très-inutile
de détailler, & qui ne pouvoient
non plus fe paffer de Druïdes, que
de Magiftrats, comme on le peut
prouver par Cefar. *Bel. Gall. lib. vij.*
c. 32.

C'eft donc autant contre la vérité
de l'hiftoire, que contre l'état & la

nature des Druïdes, qu'on s'obſtine de vouloir que le ſéjour principal & originaire des Druïdes ſe trouvât vers l'Océan. Ce qui eſt ſingulier, c'eſt que pour défendre une thêſe ſi extraordinaire, on n'apporte qu'un paſſage où il eſt fait mention des Druïdes des Armoriques. Mais fait-on attention qu'il y avoit dans les Gaules des côtes autres, que celles des Armoriques; & ce qui eſt encore plus, que l'Auteur du paſſage qu'on emploie, eſt de la fin du quatriéme ſiécle? tems auquel l'ordre des Druïdes ne conſervoit plus ſa forme primitive, comme le paſſage même d'Auſone en fait foi.

Pag. 104. » Timagéne les appelloit Δϱενις, » Δϱενις, ou Δϱενας; car c'eſt ce nom » Grec qu'Ammien Marcellin a ren- » rendu par *Dorienſes*, & que nous » avons exprimé par *Doriens*; mais » comme dans ce mot, & ſur-tout » en Latin & en François, les fi- » nales ne ſont évidemment qu'une » terminaiſon étrangere, il faut les » retrancher, & réduire le mot ori- » ginal à *Dori*, *Doris*, *Dorius*, *Do-*

ries, ou *Dorias :* or il n'eſt perſon- «
ne qui ne doive s'appercevoir tout «
d'un coup combien ces mots ſont «
analogues à ceux de *Druis*, *Drys*, «
Druias, *Dryas*, ou *Dras*, qui ne «
ſont que des diverſes façons d'écri- «
re, ou de prononcer le nom des «
Druïdes, que l'on trouve dans les «
anciens : il eſt évident que les radi- «
cales des premiers ne ſont abſolu- «
ment que celles des ſeconds ; & «
toute la différence que l'on peut y «
remarquer, n'eſt que dans l'orto- «
graphe ou la prononciation : or ſi «
cette ortographe & cette pronon- «
ciation ont ſi fort varié dans des «
mots, que l'on reconnoît généra- «
lement pour n'être que le même «
nom des Druïdes, l'on ne doit pas «
être choqué, que ce nom frappe «
auſſi différemment dans celui de «
Dorius ou *Dories :* cela étant, il faut «
que l'on avouë, qu'au fonds & dans «
le principe, le nom de ños Doriens «
eſt le même que celui des Druïdes; «
& c'eſt ce qui ſe confirmera encore «
mieux par leur racine commune «
que je vais expoſer, après avoir «

» remarqué qu'Atlas , par qui l'on
» difoit que l'ancien Hercule , le con-
» ducteur de nos Doriens, avoit été
» inftruit dans l'Aftronomie, eft nom-
» mé *Dyris* , *Drys* , *Edris* ou *Idris*, par
» les Phéniciens & les Arabes, tous
» noms qui ont l'anologie la plus fen-
» fible , foit avec celui des Druïdes,
» foit avec celui des Doriens. »

Definit in pifcem mulier formofa fupernè.

Pag. 105. » Je dois auffi prévenir le Lecteur
» fur la langue où je prendrai la ra-
» cine du nom des Druïdes : c'eft
» dans l'Hebreu...... Les Sénes de
» l'ifle de Sain, qui fe changeoient,
» à ce qu'on prétend, en toutes fortes
» d'animaux, trouvent la racine de
» leur nom , comme je l'ai déja ob-
» fervé , dans *Schena* , qui fignifie ,
» *être changé , fe transformer.* Les Pa-
» teres , Prêtres d'Apollon , pren-
» nent leur nom de *Patar* , qui mar-
» que *l'interprétation des fonges.* Celui
» de Vates eft tiré de *Vad* , au plu-
» riel *Vadim* , *les devins* , parce que
» leur fonction étoit la divination &
» la contemplation de la nature, par
» rapport à cet objet. Les Bardes

avoient pris leur nom de *Parat*, qui «
exprime exactement leur fonction, «
de *chanter fur des inftrumens* les ac- «
tions des grands hommes, & l'hi- «
ftoire de leur nation. »

..... *Credat Judæus Apella.*

§. XIII.

La langue des Celtes n'avoit au-cun rapport avec l'Hébreu.

Voffius le reconnoît, & il cite « Pag. 107.
à ce fujet Strabon, qui dit qu'il ne «
faut pas chercher dans la langue «
Grecque l'étymologie des noms «
barbares. »

S'il ne faut pas chercher l'étymo-logie des noms barbares dans la lan-gue Grecque, à plus forte raifon ne la faut-il pas chercher dans l'Hebreu, puifque le peuple qui le parloit, a été fans contredit le plus ifolé de tous les peuples, & celui avec lequel les autres ont eu le moins de commerce.

D'ailleurs l'Auteur moderne peut-il raifonnablement fe perfuader, que l'Hebreu, dans lequel il a cherché l'étymologie de *Druïde*, de *Sene*, de

Patere, de *Vates*, &c. eſt la langue
même que les ancêtres des Gaulois
parloient, quand ils partirent de la
plaine de Sennaar, pour venir s'établir dans les Gaules ; & ce qui eſt
encore plus fort, que les Gaulois,
nonobſtant leurs tranſmigrations, &
le mélange des autres peuples, aïent
conſervé toûjours dans les Gaules
au moins le fonds de la langue de
leurs ancêtres ? car il faut tout cela,
s'il veut faire recevoir ſes étymologies.

§. XIV.

Si les Aquitains & les Eſpagnols
deſcendent les uns des autres, il
eſt plus vraiſemblable que les
Eſpagnols deſcendent des A-
quitains, que les Aquitains des
Eſpagnols.

Pag. 117. » Strabon aſſûre que les Aqui-
» tains différoient des autres, même
» de figure. De-là vient ſans doute
» que les Bituriges Celtes qui étoient
» parmi eux, y étoient regardés com-
» me étrangers, ſuivant le témoigna-

ge du même Géographe. Si c'est «
par la reſſemblance des peuples en- «
tre eux, qu'on peut juger de leur «
origine, on cherchera celle des A- «
quitains chez les peuples d'Iberie, «
ou des Eſpagnes leurs voiſins, aux- «
quels on prétend qu'ils reſſem- «
bloient davantage qu'aux Gaulois, «
ſoit pour le corps, ſoit pour les «
mœurs, ſoit pour la langue : eux- «
mêmes reclamoient une origine «
Grecque ; mais comme cette opi- «
nion leur étoit commune avec tous «
les peuples d'Iberie, qui étoient «
dans leur voiſinage, on pourroit «
ſoupçonner qu'ils venoient immé- «
diatement de ceux-ci, & originai- «
rement des Grecs ; du moins ſi la «
tradition des Iberiens & la leur a- «
voit quelque fondement. „

Je ne vois pas pourquoi, à juger
de la reſſemblance des Aquitains
avec les Eſpagnols, on cherchera
plutôt l'origine des premiers chez
les derniers, que celle des derniers
chez les premiers. Il eſt du moins
certain qu'on eſt fondé de chercher
l'origine des Eſpagnols chez les A-

quitains, puifque la plûpart des Provinces d'Efpagne ont été autrefois
inondées de peuples des Gaules, qui
s'en font rendu maîtres les armes à
la main, & qui s'y font fixés. L'origine Grecque que les Efpagnols fe
donnoient, vient à l'appui de ce fentiment, puifqu'elle étoit une fuite
de celle que les Aquitains fe donnoient auffi. Il s'en faut bien que l'o-
rigine des Aquitains, qu'on veut
puifer chez les Efpagnols, foit également fondée : elle eft contre les lumieres de la raifon ; & l'on ne par-
viendra à l'établir, qu'en faifant violence à l'efprit des Lecteurs. Auffi
ne puis-je affez marquer la furprife
où j'ai été, quand l'Auteur moderne, voulant découvrir quels étoient
ces Doriens, qui fuivirent l'ancien
Hercule dans les Gaules, & s'établirent fur les bords de l'Océan, au
lieu de mettre à profit l'origine Grecque, que les Aquitains faifoient tant
valoir, paffe par-deffus les regles de
l'hiftoire, de la grammaire & de la
vraifemblance, pour porter fa vûë
fur les Druïdes, & découvre en eux
des traits qu'ils n'eurent point.

§. XV.

Scylax n'a pû parler des Aqui-
tains.

Enfin l'on pourroit préfumer que " Pag.120.
c'eſt d'eux (Aquitains), que Scy- "
lax a voulu parler, lorſqu'il place "
par-delà les Iberiens, & juſqu'au "
Rhône, d'autres Iberiens avec les "
Liguriens. „

  Deux raiſons également convain-
quantes empêcheront les eſprits é-
clairés de préfumer, que c'eſt des
Aquitains que Scylax a voulu parler, quand il a placé des Iberiens
avec des Liguriens juſqu'au Rhône
par-delà d'autres Iberiens. La premiere eſt que Scylax n'a parlé, ainſi
que je l'ai démontré, que des Iberiens d'Eſpagne, qui s'étoient ac-
coûtumés & aſſujettis à vivre à Empuries, & en quelques autres places
de la Tarraconoiſe, avec les colonies que les Marſeillois y avoient
envoïées, & que Scylax traite de
Liguriennes par la ſeule raiſon que
j'ai dite.

La feconde, c'eft que les Aquitains font fur l'Océan, & que les Iberiens, dont parle Scylax, étoient fur
les côtes de la Mediterranée. A quoi
on peut ajoûter fans crainte, que ce
Géographe n'a connu des Gaules,
que le Rhône & Marfeille; foible
connoiffance qu'il devoit aux Phocéens, qui avoient fondé cette derniere ville.

CHAPITRE V.

DES CIMBRES.

Les Atuatiques étoient Cimbres
d'origine. Les Cimbres étoient
certainement Gaulois. La Cher-
fonèfe Cimbrique n'a été ainfi
appellée, que depuis la défaite
des Cimbres par Marius.

Pag. 112. „ MAis quelques puiffans qu'ils
„ fûffent (les Atuatiques),
„ ils n'étoient qu'une très-petite por-
„ tion des Germains établis dans les
„ Gaules. „

Voilà donc les Atuatiques, & par conſéquent les Cimbres, dont ils étoient les miſérables, mais glorieux reſtes, déclarés Germains par l'Auteur moderne. Je ſuis ſurpris que cet Ecrivain, qui met tant d'érudition en œuvre, pour nous forcer à changer les idées les plus communes ſur nos antiquités, ne tourne pas ſon goût vers quelques points qui nous intéreſſent davantage, & qu'il ne lui ſeroit certainement pas impoſſible d'éclaircir. Tel eſt celui de l'origine des Cimbres : au lieu de la revendiquer aux Gaulois à l'exemple de nos meilleurs Critiques, il l'abandonne aux Germains, ſans que leur droit ſoit conſtaté En effet, pour peu qu'on l'examine de près, on trouve que les Cimbres n'étoient, ni ne pouvoient être Germains ; & qu'il eſt très-vraiſemblable qu'ils étoient Gaulois & originaires des Gaules. Voici ſur quoi je me fonde.

Plutarque, dans la vie de Marius, commençant la deſcription de la guerre que les Cimbres firent aux Romains, dit bien qu'*aucun mortel*

Pag. 411. *C*

n'avoit pû d'abord déclarer de quelle nation ils étoient, ni de quelle région ils venoient, ni quels peuples ils avoient pour alliés. Cependant il observe en un autre endroit (a), que *Marius aïant chargé Sertorius de l'informer de ce qui se passoit dans le camp des ennemis, celui-ci ne manqua pas de s'y glisser à la faveur d'un habit Gaulois, & de la langue Gauloise qu'il avoit apprise en fort peu de tems.* Voilà qui est, ce me semble, décisif: car d'un côté *habit Gaulois & langue Gauloise*, & de l'autre *habit de Cimbre & langue Cimbrique*, sont ici synonimes.

C'est sur ce principe, que Diodore (b) de Sicile qui touchoit au tems où les Cimbres firent trembler les Romains, leur attribuë les entreprises uniques, qui caractérisent les Gaulois, comme *la prise de Rome, le pillage du temple de Delphes, les tributs immenses qu'ils avoient retirés de la plus grande partie de l'Europe & de l'Asie: les conquêtes qu'ils avoient faites dans ces deux parties de la terre, leurs établissemens dans la Grèce, le nom de Greco-Galates qu'ils y avoient porté, les*

grandes

(a) In Sertorio. p. 569. B.

(b) Lib. v. p. 309.

grandes armées des Romains qu'ils a-
voient défaites, &c.

Quoique des témoignages si exprès ne permettent plus de douter,
que les Cimbres n'aïent été un peuple des Gaules, en voici quelques
autres, qui ne sont pas moins formels. Cicéron, qui, après avoir été
témoin des victoires que cette nation belliqueuse avoit remportées sur
les Romains, le fut aussi de son entiere défaite, mettant Marius & Cé-
sar en paralléle, dit (a) que *ces deux
grands hommes ont eu les mêmes ennemis
à combattre, & qu'ils les ont également
vaincus; avec cette seule différence, que
le dernier s'est rendu maître successive-
ment de toutes leurs places; & que le
premier n'a pas voulu y entrer, se con-
tentant d'avoir fait mordre la poussiere
aux flots de Gaulois, qui alloient fondre en Italie.*

L'an six-cens quarante-huit de Rome, dit Salûste (b), contemporain de
Cicéron, *nos Generaux Q. Cæpion &
M. Mallius perdirent une grande bataille contre les Gaulois: leur défaite
jetta l'Italie entiere dans la consterna-
tion.* G

(a) De
Provinc.
Consul.

(b) Sa-
l. st. bell.
Jugurt.
sub fin.

Les Gaules, écrit Dion (a), *qui autrefois ont envoïé contre nous les Cimbres & les Ambrons, sont aujourd'hui soumises, & aussi-bien cultivées que l'Italie.*

Les Cimbres, dit Appien (b), *étoient un peuple des Gaules. Cimbre, en langage Celtique, signifie un soldat*, dit Festus ; *Cimbri linguâ Gallicâ latrones dicuntur.*

Marius, dit Sextus (c) Rufus, chassa les Gaulois de l'Italie : car aïant franchi les Alpes, il les défit entiérement.

A tant d'autorités aussi claires que le soleil, on peut ajoûter la preuve de la même vérité, qu'on tire de la qualification de *Cimbre*, que Valere Maxime, & quelques autres anciens donnent à l'esclave qui fut envoïé pour tuer Marius : car Tite-Live, Appien, Plutarque & Pline le jeune la rendent par celle de *Gaulois*.

Je passe, comme on voit, l'autorité de Florus, parce qu'outre que je n'en ai pas besoin, on n'est point assûré de la véritable leçon de l'endroit, où cet Ecrivain parle des Cimbres.

Je laiſſe encore à part l'union intime des Cimbres avec les Ambrons
& les Tigurins, qui donne lieu de
croire que le premier de ces peuples
devoit être des Gaules, puiſque les
deux derniers y avoient inconteſta-
blement leurs cantons.

Je ne m'amuſerai point à répondre
à toutes les objeĉtions qu'on peut
me faire ; aucune d'elles, ni même
toutes enſemble, ne ſçauroient tenir
contre la plûpart des autorités, que
je viens de rapporter.

Mais, dira-t'on, d'où vient que
les anciens placent les Cimbres dans
la Cherſonéſe, qui a été appellée
Cimbrique de leur nom ?

Je réponds que la Cherſonéſe dont
il s'agit, n'a été appellée Cimbrique, que depuis qu'on a découvert,
que les Cimbres, qui avoient échappé au carnage que Marius fit de ceux
de leur nation, s'y étoient retirés.
Or cette découverte ne ſe fit qu'aſſez long-tems après : car la Cherſonéſe n'étoit nullement connuë du
tems de la guerre des Cimbres ; ainſi
les anciens qui parlent de la Cherſo-

néſe Cimbrique, ne ſont rien moins
que de la derniere antiquité.

Au reſte, quand on pourroit prouver, ce qu'on ne fera ſûrement pas,
que les Cimbres étoient venus de la
Cherſonéſe Cimbrique, ce ne ſeroit
pas un ſujet légitime de qualifier les
Cimbres de Germains, parce que la
Germanie ne s'eſt jamais étenduë juſques-là.

CHAPITRE VI.

DES GERMAINS.

§. I.

Les premiers Germains qui ont
paſſé dans les Gaules, y ont été
conduits par Arioviſte. Le païs
qu'ils y ont occupé, étoit encla-
vé dans celui des Sequanois.
Autres Germains établis depuis
dans les Gaules, mais tribu-
taires des Tréviriens.

Pag. 123 » **I**L y avoit entre autres, depuis
» la Meuſe juſqu'à Tréve & au

Rhin, plusieurs peuples particu- "
liers, qui conservoient encore en "
général leur nom de Germains ; ou "
plûtôt, si l'on en croit Tacite, ce "
nom leur étoit propre : mais com- "
me ils furent les premiers qui pas- "
serent le Rhin, & occuperent des "
terres dans les Gaules, la crainte "
le fit étendre à tous ceux qui de- "
meuroient au-delà de ce fleuve, "
qui se l'approprierent ensuite eux- "
mêmes. Cesar nous a conservé aus- "
si leurs noms particuliers, qui sont "
Condrusi, Eburones, Caræsi, Segni, "
Pæmani. „

On ne sçauroit nier que les peuples, dont on fait le dénombrement,
ne fûssent de véritables Germains,
& qu'ils n'aïent même occupé le païs,
qui est entre la Meuse & la Moselle.
Mais il y a lieu de douter, qu'ils fûssent ces premiers Germains, qu'A-
riovuiste introduisit dans les Gaules :
car 1°. le païs d'entre la Meuse &
Tréve est éloigné de celui des Sequanois, où il est certain que les
premiers Germains furent placés.
2°. Cesar marque expressément que

G iij

Cas. bel.
Gal. l. 1.
c. 31.

Idem.
ibid. lib.
11. c. 6.

tous, ou presque tous ces peuples
étoient Cliens & tributaires des Tréviriens : ce qui détruit l'idée d'autorité & de force, avec laquelle Arioviste établit les premiers Germains
dans le païs des Sequanois.

En attendant qu'on ait éclairci ou
tranché ces difficultés, je serois porté
à croire que les peuples dont il s'a-
git, pourroient bien être d'autres
Germains, qui vinrent à la suite des
premiers, & qui faisoient partie de
ces six vingt mille hommes d'au-delà du Rhin, qui étoient déja dans les
Gaules l'année même que Cesar y
arriva. Comme donc les premiers
Germains pourvûs ne laissoient point
à ceux qui vinrent depuis, de territoire qu'ils pûssent occuper, ces derniers furent sans doute reçus dans celui des Tréviriens à la recommanda-
tion d'Arioviste ; mais à condition
qu'ils seroient dépendans de ceux, qui
vouloient bien leur céder une partie
de leurs terres. Condition qui ne leur
coûtoit rien, parce que les Tréviriens avoient presque toûjours des
intelligences avec les peuples d'au-

delà du Rhin , & étoient animés du même efprit.

§. II.

Les peuples d'au-delà du Rhin , qui fe font établis dans les Gaules avant Ariovifte , n'étoient pas Germains. La force avec laquelle les vrais Germains , fous la conduite d'Ariovifte , fe font établis dans les Gaules , fit que les peuples d'au-delà du Rhin qui avoient déja paffé , ou pafferent depuis ce fleuve , prirent le nom de Germains. Avant l'entrée d'Ariovifte dans les Gaules , les peuples d'au-delà du Rhin n'étoient connus que fous le nom de Suéves. Differentes entrées des peuples d'au-delà du Rhin dans les Gaules.

Il s'étoit encore établi des Ger- " mains dans le païs des Sequaniens, " environ foixante-dix ans avant Je- " fus-Chrift: comme c'étoit Ariovi- "

Pag 124,

G iiij

„ fte qui les y avoit conduits, & que
„ Cefar le força d'abandonner les
„ Gaules, on pourroit douter, fi les
„ Romains les laifferent dans les ter-
„ res, qu'Ariovifte avoit obligé
„ les Sequaniens de leur céder. „

J'ai réfervé jufqu'ici à dire que
l'Auteur moderne fait un étrange
abus du nom de Germains dans les
trois pages qui précédent ces dernieres paroles. Il donne ce nom aux différentes peuplades d'au-delà du Rhin,
qui vinrent s'établir dans les Gaules;
& cependant c'eft Ariovifte qui y a
introduit la premiere troupe du peuple unique, qui de tout tems avoit
en feule & en propre le nom de Germains. Il eft vrai que les progrès rapides de ces barbares, & la terreur
qu'ils infpirerent aux Gaulois, donna du goût à d'autres barbares des
environs de paffer auffi le Rhin; &
que pour avoir bon marché des Gaulois, & les engager à faire moins de
réfiftance, ils prirent, & fe donnerent eux-mêmes le nom de Germains:
ce qui fut fuivi généralement de tous
les étrangers; en forte que depuis

cette époque, ce nom a été consacré
pour défigner les originaires de ce
qu'on a depuis appellé la Germanie,
foit qu'ils fûffent en-deçà ou au-delà
du Rhin. C'eft ce que Tacite (a) nous
apprend dans fon hiftoire de la Germanie, en obfervant que le nom de
Germains étoit *récent* encore de fon
tems, & un *furnom* à l'égard de la
plûpart des peuples qui en étoient
décorés.

(a) *De mor. Germ. cap.* 2.

Et en effet, Cefar eft le premier
qui l'ait emploïé indifféremment; en
quoi il a d'autant plus de tort, qu'outre que Sifenna (b), qui vivoit fort
peu de tems avant lui, & Cornelius
(c) Nepos qui étoit fon contemporain, & qui même lui a furvécu, fe
font fervis du nom de *Sueves* pour
défigner tous les peuples dont nous
parlons: (d) il eft le feul qui nous ap-
prenne l'année, que les Germains
aïant Ariovifte à leur tête, pénétrerent dans les Gaules. Or cette année
étoit la quatorziéme avant l'arrivée
de Cefar dans nos contrées, c'eft-à-
dire, avant l'an de Rome 695, felon
les Faftes Capitolins: donc l'année

(b) *Nonius in Lancea.*

(c) *Plin. hift. l. ij. c. 67.*

(d) *Bell. Gall. l. 1. c. 36.*

G v

de l'entrée des Germains dans les
Gaules est la six cens quatre-vingt-
unième de Rome, & la soixante-trei-
ziéme avant Jesus-Christ, & non pas
la soixante-dixiéme, ainsi qu'on disoit. Au reste, comme avant ce tems-
là les Suéves étoient la nation de
toute l'Allemagne la plus puissante
& la plus étenduë, ils donnoient le
ton & le nom à tous les peuples, qui
étoient au-delà du Rhin. Ainsi Cesar
n'est point exact, quand, *liv.* II. *c.*
4. parlant des recherches qu'il avoit
faites sur les Belges, il marque qu'on
lui répondit, *que la plûpart de ces peu-*
ples étoient des Germains, qui avoient
autrefois passé le Rhin, & s'étoient éta-
blis dans les Gaules. S'il avoit rendu
fidélement la réponse qu'on lui avoit
faite, il auroit substitué le mot de
Sueves à celui de *Germains.*

Il faut donc distinguer deux entrées, ou établissemens des peuples
d'au-delà du Rhin dans les Gaules.
La premiere a précédé la guerre des
Cimbres, & elle est clairement marquée dans Cesar (*a*). Il manque seulement aux mémoires qu'il nous a

(a) *Bel.*
Gal. liv.
ij. c. 4.

laiſſés ſur ce point , que les peuples
qui la firent , n'étoient encore connus que ſous le nom de *Sueves*. La
ſeconde eſt celle dont parle Tacite ,
& la ſeule peut-être qui lui ait été
connuë : ce qui a donné lieu à l'Auteur moderne de la confondre avec
l'autre , & de s'équivoquer.

Les Grecs étant venus dans les « Pag. 125.
Gaules, jaloux d'attirer à leur na-«
tion la gloire de toutes les autres, «
auront attribué à leur Hercule ce «
qui ne convenoit qu'à l'ancien : en «
un mot , il a ſuffi qu'on leur ait «
dit , qu'un Hercule étoit venu «
dans ce païs, pour qu'ils aïent, ſui-«
vant leur coûtume, fait honneur «
de ce voïage au fils d'Alcméne; & «
l'on juge qu'ils n'auront pas eü de «
peine à le perſuader à des peuples «
ignorans & groſſiers. »

L'Auteur moderne repréſente par-
tout les Druïdes comme les dépoſi-
taires de toutes les ſciences ; & les
voici traités d'ignorans & de groſſiers. Ne vaudroit-il pas mieux s'in-
ſcrire en faux contre le récit de Timagéne ? Il ne ſeroit ſûrement pas

difficile de juſtifier le parti qu'on
prendroit.

CHAPITRE VII.

Les premiers Grecs qui ont péné-
  tré en Eſpagne, étoient les Rho-
  diens. C'eſt leur commerce ſeul,
  qui les y a attirés. Les longs
  vaiſſeaux ſont de l'invention de
  Danaüs.

Pag.127. » **M**Ais d'imaginer qu'ils (les
       » Grecs) aient pû armer une
» flotte puiſſante, & entreprendre à
» deſſein un trajet auſſi long, que ce-
» lui du Peloponéſe au détroit de
» Gibraltar ; qu'il aient pû paſſer par
» mer dans les Gaules & les Eſpa-
» gnes avec des armées nombreuſes,
» & en ſubjuger les peuples, lorſqu'ils
» reconnoiſſoient, qu'à peine du tems
» de leur Hercule, ils commençoient
» à fabriquer de longs vaiſſeaux ; c'eſt
» ce qui ne me paroît pas poſſible. »
    Il faudroit être un Œdipe auſſi
clairvoïant que l'eſt l'Auteur mo-

derne, pour voir la liaiſon qu'ont
entre elles toutes les excurſions littéraires qu'il fait ici. Dans l'embarras où il me jette, qu'il trouve bon
que je lui demande,

1°. Pourquoi, parlant des premiers Grecs qui ont entrepris le trajet de leur païs à Gibraltar, il ſe con-
tente de les prendre dans le Pélop-
ponèſe, tandis que Strabon (*a*) les
tire de l'iſle de Rhodes, qui eſt bien
plus loin ; & ce qui mérite une attention particuliere, *pluſieurs années avant*
l'établiſſement des Jeux Olympiques, &
des Olympiádes ?

2°. Pourquoi il donne pour but
aux Grecs, qui pénétrerent les premiers juſqu'à Gibraltar, de ſubju-
guer les peuples ; quoique Strabon,
que je viens de citer, & Herodote
(*b*) qu'il cite lui-même, ne leur at-
tribuent que celui de leur commerce ;
& que bien loin qu'ils ſongeâſſent à
faire des conquêtes, ils refuſoient les
établiſſemens qu'on leur offroit en
Eſpagne ?

3°. Pourquoi il dit que les Grecs
reconnoiſſoient qu'à peine du tems

(a) *Str.*
l. xiv. p.
654. C.

(b) *Lib.*
1. c. 163.

de leur Hercule, ils commençoient
à fabriquer de longs vaiſſeaux ; nonobſtant que Pherecyde, qu'il cite
au bas de la page pour garant de ce
qu'il avance, ne dit autre choſe, ſinon que le vaiſſeau, ſur lequel les
Argonautes s'embarquerent, avoit
été conſtruit par le nommé Argos,
fils de Phrixus ?

4°. Pourquoi, au lieu des deux
ſentimens, qui étoient en vogue chez
les Grecs, ſur le tems auquel on a-
voit commencé à conſtruire de longs
vaiſſeaux, il s'attache au moins probable, & laiſſe à part le plus certain,
quoiqu'il ſoit à côté de l'autre ? Or
le ſentiment le plus certain, tient que
l'invention des longs vaiſſeaux eſt de
Danaüs : ce qui eſt confirmé par les
Marbres d'Oxford, qui marquent,
que le premier vaiſſeau, qui, d'E-
gypte ait cinglé dans la Grèce, eſt
celui de Danaüs, & qu'on l'appelloit *Pentocoros*, parce qu'il étoit à
cinquante rames. Danaüs au reſte
précéda de quelque deux cens ans
l'Hercule des Grecs.

J'aurois bien d'autres queſtions à

faire à l'Auteur moderne ; mais la
crainte que j'ai de ne pouvoir pas re-
tenir toutes les réponses qu'il me feroit, m'oblige à m'en tenir là.

CHAPITRE VIII.

Les Phocéens sont venus plusieurs
fois dans les Gaules. L'année
d'après leur premiere arrivée,
qui est la cent cinquante-qua-
triéme de Rome, ils bâtirent
Marseille. Erreur des anciens &
des modernes sur ce sujet.

JE ne crois pas que l'on puisse « Pag.132.
rien ajoûter aux recherches de «
Valois, sur la colonie des Pho- «
céens, & sur Marseille. »

Il est vrai que les deux Valois ont
mis comme dans un point de vûë à
peu près tout ce que les anciens ont
dit sur ces deux points importans de
notre histoire: & il en résulte que les
Phocéens sont venus deux fois en
différens tems dans les Gaules, la
premiére sous le regne de l'ancien

Tarquin, pour y fonder Marſeille ; la
ſeconde ſous le regne de Cyrus ; dans
l'eſpérance d'y trouver un aſyle contre la fureur d'Harpagus ou d'Harpalus, Intendant du Roi de Perſe.
On place ce dernier événement dans
la cinquante-ſeptiéme Olympiade ;
comme il n'eſt pas ſi intéreſſant que
le premier, je ne m'y arrête point,
& je viens tout d'un coup à l'autre.

Solin en confondant les deux événemens, donne aſſez bien la date du
premier, car il dit que *les Phocéens*
fuïant la tyrannie des Perſes, fonderent
Marſeille dans la quarante-cinquiéme
Olympiade. Il eſt vrai qu'on lit dans
le Géographe Scymnus Chius, que
Marſeille fut bâtie par les Phocéens
cent vingt ans avant la bataille de Sala-
mine : & comme la cent vingtiéme
année avant la bataille de Salamine
tombe la quatriéme année de la qua-
rante-quatriéme Olympiade, Solin
doit s'être trompé d'une année ; mais
il faut remarquer que les Olympiades ne commençoient que ſur la fin
de Juillet ; & que Solin a compté ſelon le calcul des Romains, qui com-

mençoient leur année au mois de
Janvier. Ainsi cet Auteur nous a
donné exactement l'époque de la fondation de Marseille, qu'il a placée
dans les premiers six & sept mois de
la cent cinquante-quatriéme année de
Rome, après lesquels les Grecs commençoient la premiere année de la
quarante-cinquiéme Olympiade.

Ce n'est point qu'on ne puisse porter avec beaucoup de fondement la
fondation de Marseille une année plus
loin : car la bataille de Salamine, que
le commun des Historiens met en
la premiere année de la soixante-
quinziéme Olympiade, a été donnée
une année plutôt selon les marbres de
Paros, qui la fixent à la derniere année de la précédente Olympiade, &
cette autorité est considérable ; cependant comme celles qui viennent à
l'appui de Solin ne le font gueres
moins, on peut provisionnellement
s'en tenir à celle-ci.

Ce point important solidement établi, je puis avancer sans crainte, qu'aucun de nos Historiens qui ont parlé
des Colonies que Bellovése & Sego-

véfe conduifirent ; l'une en Italie &
l'autre dans la Germanie, n'a jamais
bien connu le tems de leur départ ;
car au lieu de le mettre au moins en
l'année cent cinquante-quatriéme de
Rome, puifque Tite-Live fait foi
que Bellovéfe arriva au pied des Alpes en même tems que les Phocéens
y venóient d'arriver de leur côté, &
qu'il aida même à les mettre en poffeffion du territoire où ils bâtirent
enfuite Marfeille : tous le placent à
l'an ou 162, ou 163, ou 164, felon
le différent calcul qu'ils fuivent. Il
n'eft pas difficile de deviner ce qui les
a induits en erreur : ils ont faifi l'endroit où Tite-Live fixant la prife de
Rome par les Gaulois à l'an 362, ne
compte que deux cens ans entre la
prife de cette Ville & l'arrivée des
Gaulois en Italie. Mais autre eft l'année du départ des Gaulois pour paffer
les Alpes & pénétrer en Italie, &
autre l'année qu'ils y arriverent.
Auffi Tite-Live & Plutarque ont-ils
eu foin de marquer que Bellovéfe
frappé de la hauteur exceffive des
Alpes, qui lui fermoient l'entrée de

Liv. 5. c.
33.

l'Italie, s'arrêta LONG-TEMS dans le Tricaſtin & le canton des Celtoriens, pour découvrir quelque ſentier par où il pût faire paſſer ſon monde ſans danger. Ils inſinuent même qu'il ne ſe feroit jamais hazardé de tenter le paſſage, ſi Aruns, Tyrrhenien conſidérable de Cluſium, ne fût venu s'offrir de lui-même à le conduire comme par la main dans le centre de l'Italie. Par-là il eſt démontré que Bellovéſe n'y eſt arrivé qu'environ huit ans après ſon départ de la Cour de ſon oncle.

CHAPITRE IX.

Si c'eſt la partie Septentrionale ou Occidentale de l'Europe qui a été la premiere habitée. Les Celtes ſeuls paſſent pour avoir peuplé l'Occident.

LA Germanie s'eſt peuplée du " nord au midi, c'eſt-à-dire que " les pays Septentrionaux ont été " les premiers habités, & ont fourni "

„ enſuite des habitans aux cantons
„ qui ſont vers le midi; cantons ori-
„ ginairement couverts d'une forêt
„ immenſe & impratiquable. Le té-
„ moignage de Nicephore Gregoras
„ y eſt précis: De la Scythie Septen-
„ trionale, dit cet Hiſtorien, ſont
„ ſortis en divers tems des peuples
„ qui ont pris le nom de Germains
„ dans la Germanie, de Gaulois dans
„ les Gaules, ſans parler des Cimbres
„ & des Teutons, qui furent défaits
„ par les Romains. L'Anonyme de
„ Ravenne & les Auteurs qu'il copie
„ ne s'expliquent pas moins diſerte-
„ ment, lorſque parlant de la Scan-
„ dinavie ils diſent, que c'eſt de là
„ que ſont venuës les nations occi-
„ dentales de l'Europe : & c'eſt ſans
„ doute ce qui a fait dire à Caſſiodo-
„ re, à Jordanes, à Paul Diacre, à
„ Freculphe, &c. que la Scandinavie
„ étoit comme la pépiniere & le ré-
„ ſervoir des nations. „

J'étois autrefois du ſentiment de
l'Auteur moderne : mais l'autorité
d'abord & la raiſon enſuite m'ont jetté dans le doute de Deſcartes, &

m'y retiennent encore. En effet avant qu'aucun peuple d'au-delà du Rhin ait , je ne dis pas pénétré , mais fongé à pénétrer dans les Gaules ; je trouve dans Tite-Live , dans Plutarque , dans Juſtin , dans Florus , & dans d'autres Ecrivains d'une égale autorité, que les Gaulois fous le nom de Celtes, aïant l'an 153 ou 154 de Rome paſſé les Alpes & le Rhin , ont d'un côté inondé l'Illyrie & la Pannonie, & de l'autre ont traverſé la forêt Hercynie & les monts Riphées , & ont occupé l'extrémité de l'Europe juſqu'à la mer glaciale.

Je trouve encore dans Éphore cité par Strabon , que les anciens parta- *Lib.* 1. *p,* geoient la terre en quatre parties , 34. qu'ils diſtribuoient à quatre peuples différens , & donnoient l'Orient aux Indiens , le Midi aux Ethiopiens , l'Occident aux Celtes , & aux Scythes le Septentrion. Par là il eſt évident que les Gaulois ou Celtes paſſoient autrefois pour avoir peuplé l'Occident. Ce qui eſt arrivé en effet par le moïen des deux colonies, qui fortirent des Gaules fous la conduite

de Bellovéfe & de Segovéfe. Car
avant ce tems-là le nom de Celtes &
de Celtique étoit renfermé dans les
Gaules.

Tacite m'apprend qu'encore de fon
tems la Germanie étoit déferte, remplie de montagnes, de lacs, de marais, d'étangs & de forêts, & plus
propre à recevoir des habitans, qu'à
en fournir aux autres contrées ; finon
peut-être à l'égard d'un petit nombre de peuples qu'elle avoit, & qui
cherchoient à en fortir pour joüir
d'un ciel plus doux, & cultïver des
terres plus fertiles.

Voilà pour l'autorité ; & à cet
égard je crois que Tite-Live, Plutarque, Juftin, Florus, Strabon,
Ephore & Tacite valent bien un Nicephore Gregoras, un Anonyme de
Ravenne avec les auteurs qu'il copie, un Caffiodore, un Jornandes,
un Paul Diacre, un Freculphe & autres plumes de même trempe, que
l'Auteur moderne appelle à fon fe-
cours.

Quant à la raifon, M. le Marquis
de S. Aubin n'a fait que tirer le ri-

deâu, & l'a préfentée à mes yeux avec les charmes qui lui ont affujetti mon efprit & mon cœur. Voici l'endroit lumineux qui a éclairci ma vûë.

Nous apprenons de Jofeph & de « S. Jerôme, que les defcendans de « Japhet occuperent l'Afie, depuis « le mont Taurus & Amanus juf- « qu'au Tanaïs, & toute l'Europe « jufqu'au détroit de Gibraltar. Par- « mi les defcendans de Japhet, nous « trouvons dans ces mêmes régions « de l'Afie trois peuples, dont les « noms ont un rapport très-marqué « à Gomer fils aîné de Japhet. La « famille de Gomer partant de la « grande Phrygie, fuit la route qui « lui eft marquée par la providence, « pour aller peupler l'Europe. Af- « cenaz fon fils aîné & le chef de fa « famille, s'établit dans la Phrygie « mineure, dans la Bithynie, dans « la Troade, & remplit toute cette « contrée de monumens de fon nom. « Ses freres & leur poftérité fous le « nom de Comariens, s'étendent de « proche en proche vers la haute «

Monar. Franç. p. 234.

„ Afie, établiffent des Colonies dans
„ la Bactriane, la Margiane, l'Hyr-
„ canie, entre le Pont-Euxin & la
„ mer Cafpienne. Une partie des def-
„ cendans d'Afcenaz, habitans de la
„ Troade, s'embarquerent fur l'Hel-
„ lefpont, & par leurs navigations
„ fur la Mediterranée, viennent peu-
„ pler les côtes méridionales de la
„ Gaule & de l'Italie. „

Pag.282   „ S'imaginera-t'on, ajoûte-t'il
„ plus bas, qu'au travers des ronces
„ & des brouffailles, dans la fange
„ des marais ou dans les fables mou-
„ vans, à la rencontre des ravines
„ & des précipices, lorfque tous ces
„ obftacles étoient beaucoup plus
„ difficiles à furmonter par les fuites
„ du déluge, & au milieu du monde
„ renaiffant, ces voïageurs dénués
„ des inftrumens néceffaires, fe foient
„ fraïé avec une peine inconcevable
„ des routes prefque impoffibles phy-
„ fiquement? Peut-on penfer que ces
„ premieres colonies, arrêtées par
„ les fleuves & dans le befoin de la
„ nourriture que les poiffons leur of-
„ froient, fe foient toujours conten-
„ tées

tées de ſçavoir marcher , comme "
dit Leibnits, ſans eſſaïer les moyens "
de ſe procurer la pêche & un che- "
min ſur les eaux ? Ne faut-il pas "
dans cette hypothéſe , que les plus "
anciennes peuplades aïent traverſé "
le Boſphore de Thrace ou l'Hel- "
leſpont ? Car ſi l'on ſoûtenoit qu'el- "
les n'euſſent tenu d'autre route pour "
venir en Europe, que celle de la "
haute Aſie & de l'Iſthme, qui ſé- "
pare le Pont-Euxin de la mer Caſ- "
pienne ; la premiere de ces peupla- "
des n'eut pas eu le tems d'attein- "
dre , avant la naiſſance de Jeſus- "
Chriſt, la liſiere la plus orientale de "
cette partie du monde. „

CHAPITRE X.

Les Teutons ne ſont connus que de-
puis l'an 640 de Rome. Près de
cinq cens ans auparavant les
Celtes des Gaules avoient été oc-
cuper & remplir le païs même ,
où les Teutons ſe retirerent de-
puis. Ce païs étoit celui où l'on

H

pêchoit l'ambre. Il n'étoit point
connu du tems d'Herodote. Il l'a
été feulement l'an 768 ou 769
de Rome.

Pag. 217. ,, CEs notions font que les pre-
,, miers peuples qui s'y font fi-
,, gnalés (dans la Germanie), & ceux
,, mêmes qui ont communiqué leur
,, nom à tous les autres , c'eft-à-dire,
,, les Cimbres & les Teutons, avoient
,, leurs demeures au nord & fur les
,, côtes de l'Océan ; & que même les
,, cantons les plus voifins du Danube
,, étoient ignorés , & paffoient pour
,, impénétrables dans un tems où l'on
,, connoiffoit les rivages de l'Océan,
,, & où l'on y faifoit la pêche & le
,, commerce de l'ambre , qui dès-lors
,, les avoit déja rendu célébres. ,,
Comme j'ai prouvé que les Cimbres étoient vraifemblablement un
peuple des Gaules , & que les rives
de l'océan , où ils furent obligés de
fe retirer après leur entiere défaite,
ne fçauroient leur donner une origine Germanique ; il faut les défalquer
du nombre des peuples , qui entant

que Germains se sont signalés dans la
Germanie, & qui ont communiqué
leur nom à tous les autres. Sur ce
pied, il n'y a que les Teutons qui
puissent recueillir la gloire, que l'Auteur moderne veut partager entre eux
& les Cimbres. Mais en quel tems les
Teutons ont-ils commencé à figurer
dans le monde ? C'est seulement l'an
six-cens quarante de Rome, sous le
Consulat de Cæcilius Metellus & de
Papirius Carbo. *Sexcentesimum &
quadragesimum annum Urbs nostra age-
bat, cum primum Cimbrorum audita sunt
arma, Cæcilio Metello ac Papirio Car-
bone Consulibus.* Mais supputation
exactement faite, les Gaulois avoient
passé le Rhin près de cinq cens ans
auparavant, & avoient pénétré jusqu'à l'extrémité du nord, & en particulier jusqu'aux côtes de l'océan,
le long desquelles étoient les anciens
Teutons: car Apollonius de Rhode
y place des Celtes en si grande quantité, qu'il appelle le canton que les
Teutons occupoient *les marais qui
s'étendent dans la région immense des
Celtes.* Ce ne sont donc pas les Teu-

*Tacit.
de mor.
Germ. c.*

*Argon.
l. 4. vers.
635.*

H ij

tons , qui ont donné originairement
leur nom à tous les peuples de la
Germanie. C'est une gloire qu'on
doit réferver aux Gaulois.

Il en eſt donc de la connoiſſance que
l'Auteur moderne dit qu'on avoit
des rivages de l'océan , où l'on faiſoit la pêche & le commerce de l'ambre , comme de la célébrité des Teutons , & du nom qu'on veut qu'ils
aïent donné à tous les peuples de la
Germanie. Ces rivages n'étoient
ſûrement point connus du tems d'Herodote , quoiqu'entre tous les Ecrivains de l'antiquité il ſoit le premier
qui en ait parlé ; car il avouë , *que*
Herod. *quelque ſoin qu'il ſe ſoit donné pour dé-*
l. 3. c. *couvrir quelqu'un qui eût été ſur les lieux*
115. *& qui le mît au fait de ces côtes , il n'a-*
voit trouvé perſonne qui pût le ſatisfaire ;
& qu'ainſi il ne ſçavoit quelle mer bor-
doit l'Europe de ce côté là.

Les auteurs qui depuis ont entrepris d'aſſigner la région , où l'on re-
cueilloit l'ambre , juſqu'à fort peu de
tems avant Pline l'ancien , n'ont pas
Hiſt. nat. été plus heureux ; car l'Hiſtorien
l. 37. c. naturaliſte après avoir compté &
11.

nommé quinze ou vingt Ecrivains célébres, dont quelques-uns vivoient encore , qui indiquoient tous des lieux différens sans marquer le véritable , *assûre que les côtes sur lesquelles les flots de la mer jettent l'ambre, n'étoient connuës que depuis assez peu de tems ; qu'elles étoient à six cens milles de Carnunte capitale de la Pannonie ; & enfin que la guerre que Germanicus fut obligé de porter dans ces quartiers , donna lieu à la découverte.* Par-là il est visible que les côtes de l'océan, où les Cimbres , ou plutôt les Teutons avoient leurs demeures , & où se faisoient la pêche & le commerce de l'ambre , n'ont été connuës que vers l'an 768 ou 769 de Rome , que Germanicus faisoit la guerre dans la Germanie : tems auquel les Romains avoient assujetti les cantons les plus voisins du Danube, depuis sa source jusqu'à son embouchure , comme je suis en état de le prouver pour peu qu'on me presse.

Ibid. c. 111.

CHAPITRE XI.

DES GERMAINS.

§. I.

Sçavans qui ont connu que les Germains étoient originaires de Perse.

Pag. 230. » JE crois qu'il n'y a d'abord per-
» sonne qui ne soit frappé de trou-
» ver le nom des Germains parmi
» ceux des Tribus des Perses. »

Je ne vois pas bien pourquoi l'Auteur moderne veut qu'il n'y ait personne, qui ne soit frappé de trouver le nom des Germains parmi ceux des Tribus des Perses. Ce n'est sûrement point un phénoméne nouveau. Il y a deux cens ans que Goropius l'a apperçu : depuis assez peu de tems M. le Marquis de S. Aubin l'a considéré à toutes sortes de faces. Avant lui Cellarius en avoit fait une assez honorable mention dans le second volume de sa Géographie ancienne. Les Livres, dans lesquels ces trois Ecrivains l'ont

découvert, font entre les mains de
tous les Sçavans ; & ni eux, ni les
autres auteurs qui l'ont déterré auffi
bien qu'eux, n'ont pas obfervé que
tout le monde en dût être plus frappé, que l'Auteur moderne le feroit
avec raifon fi on lui tenoit ce langage, ou qu'on trouvât à redire qu'il
eût manqué à marquer la pofition de
ce peuple dans l'Afie, quoique Denys Periégete ait eu foin de la faire
paffer à la poftérité.

§. II.

Fauffe idée qu'on s'eft formée des
Perfes. Peinture fidelle de leurs
mœurs & de leur gouvernement.
Leur maxime à l'égard de ceux
qui exerçoient l'agriculture.

Mais ce qui n'eft pas moins re- " Pag 230.
marquable, c'eft que les Germains " 231.
du nord étoient laboureurs comme "
ceux des Perfes : l'on conçoit aifé- "
ment que par Germains du nord, "
je n'entends pas ceux à qui les Gau- "
lois & les Romains étendirent le "
nom de Germains ; mais ce peuple "

„ ou cette Tribu particuliere à qui ce
„ nom étoit originairement propre,
„ & dont une bande aïant paſſé le
„ Rhin s'établit dans les parties Sep-
„ tentrionales de la Gaule, après en
„ avoir chaſſé les Gaulois ; ce qui fit
„ que ceux-ci effraïés & mal inſtruits
„ donnerent le nom de leurs vain-
„ queurs à tous ceux qui demeuroient
„ au-delà du Rhin, comme dit Tacite.
„ Je dis donc que ce peuple , cette
„ Tribu particuliere des Germains du
„ nord étoient du genre de ces peu-
„ ples errans, qu'on appelloit *Labou-*
„ *reurs* ; c'eſt-à-dire , de ces peuples
„ qui ſemant les champs qu'ils occu-
„ poient dans la ſaiſon des ſemailles ,
„ en cherchoient d'autres auſſi-tôt
„ que la moiſſon les avoient récom-
„ penſé de la culture des premiers ;
„ car il ne faut pas confondre cette
„ occupation , qui les faiſoit appeller
„ Laboureurs , avec l'agriculture
„ proprement dite , qui embraſſe le
„ ſoin des vergers, des prairies & des
„ jardins , & qui fixe néceſſairement
„ ceux qui s'y appliquent dans un
„ même lieu. L'agriculture en ce ſens

étoit inconnuë aux peuples labou- "
reurs, & on ne les appelloit ainſi "
que pour les diſtinguer des *Noma-* "
des, autres peuples errans qui nour- "
riſſoient des troupeaux & paſſoient "
de pâturages en pâturages ſans exi- "
ger des terres où ils campoient que "
les tributs naturels qu'elles leur "
fourniſſoient d'elles-mêmes : au lieu "
que les *Laboureurs* ſemoient les "
champs où ils ſe trouvoient, & en "
exigeoient l'uſure de leurs travaux "
& de leurs dépenſes. „

J'ignore dans quelles ſources l'Auteur moderne a puiſé l'idée qu'il nous
donne des Perſes : il eſt bien certain
que ce n'eſt ni dans Herodote, ni
dans Platon, ni dans Xenophon, qui
de tous les Ecrivains de l'antiquité
ſe ſont étudiés à nous laiſſer de ces
peuples un portrait, qui a toûjours
fait l'admiration de la poſtérité. La
diſtinction des Perſes *Laboureurs* &
des Perſes *Nomades* eſt un de ces
traits, dont on ne trouve aucune trace nulle part : la qualification *d'er-*
rans donnée également aux Perſes
Laboureurs & aux Perſes *Nomades* en

abſorbant la nation entiere , partagé
la Perſe entre deux peuples ſeulement , & ſuppoſe qu'elle comprenoit
des païs immenſes & de gras pâturages , où les originaires changeoient
tous les ans , & peut-être même à
chaque ſaiſon , de demeure ; toutes
circonſtances qui renverſent les notions les plus claires & les plus exac-
tes , que les anciens ont fait paſſer
juſqu'à nous touchant la diſcipline &
les mœurs des Perſes. Quoique je
ſois bien éloigné de vouloir entrer
ſur ce ſujet dans un grand détail, ne
pouvant adopter les préjugés de
l'Auteur moderne, je vais lui oppo-
ſer les miens , que je trouve parfaitement bien nuancés dans le diſcours
de M. de Meaux ſur l'Hiſtoire Uni-
verſelle.

Edition
in-quarto
1681. P.
475, ,, Cyrus aïant été élevé ſous une
,, diſcipline ſévére & réguliere, ſe-
,, lon la coûtume des Perſes; peuples
,, alors auſſi modérés que depuis ils
,, ont été voluptueux , fut accoûtu-
,, mé dès ſon enfance à une vie ſobre
,, & militaire. ...

Pag. 478. ,, Les Perſes étoient honnêtes, ci-

vils, libéraux envers les étrangers "
& sçavoient s'en servir. Les gens "
de mérite étoient connus parmi "
eux, & ils n'épargnoient rien pour "
les gagner. .... Les régles de la "
justice étoient connuës parmi eux, "
& ils ont eu de grands Rois, qui "
les faisoient observer avec une ad-"
mirable exactitude. Les crimes é-"
toient sévérement punis, mais avec "
cette modération, qu'en pardon-"
nant aisément les premieres fautes, "
on réprimoit les rechûtes par de "
rigoureux châtimens. Quand on " Pag. 479.
disoit que les grands qui compo-"
soient le Conseil, étoient les yeux "
& les oreilles du Prince : on aver-"
tissoit tout ensemble & le Prince, "
qu'il avoit ses Ministres comme "
nous avons les organes de nos sens, "
non pas pour se reposer, mais pour "
agir par leur moïen ; & les Minis-"
tres, qu'ils ne devoient pas agir "
pour eux - mêmes, mais pour le "
Prince qui étoit leur chef, & pour "
tout le corps de l'Etat. Ces Mi-"
nistres devoient être instruits des "
anciennes maximes de la Monar-"

,, chie. Le Regiſtre qu'on tenoit des
,, choſes paſſées ſervoit de régle à la
,, poſterité. . . .

⟨ ,, C'étoit une belle maniere d'at-
,, tacher les particuliers au bien pu-
,, blic , que de leur apprendre qu'ils
,, ne devoient jamais ſacrifier pour
,, eux ſeuls, mais pour le Roi & pour
,, tout l'Etat , où chacun ſe trouvoit
,, avec tous les autres. Un des pre-
,, miers ſoins de ce Prince étoit de
,, faire fleurir l'agriculture ; & les Sa-
,, trapes, dont le gouvernement étoit
,, le mieux cultivé , avoient la plus
,, grande part aux graces. Comme il
,, y avoit des charges établies pour
,, la conduite des armes , il y en
,, avoit auſſi pour veiller aux travaux
,, ruſtiques : c'étoient deux charges
,, ſemblables , dont l'une prenoit ſoin
,, de garder le païs , & l'autre de le
,, cultiver. Le Prince les protégeoit
,, avec une affection preſque égale ,
,, & les faiſoit concourir au bien pu-
Pag. 480. ,, blic. Après ceux qui avoient rem-
,, porté quelque avantage à la guer-
,, re , les plus honorés étoient ceux
,, qui avoient élevé beaucoup d'en-
,, fans.. . .

La maniere dont on élevoit les "
enfans des Rois eft admirée par "
Platon , & propofée aux Grecs "
comme le modéle d'une éducation "
parfaite. Dès l'âge de fept ans on "
les tiroit des mains des Eunuques "
pour les faire monter à cheval & "
les exercer à la chaffe. A l'âge de "
quatorze ans, lorfque l'efprit com- "
mence à fe former , on leur don- "
noit pour leur inftruction quatre "
hommes les plus vertueux & les "
plus fages de l'Etat. Le premier, "
dit Platon, leur apprenoit la ma- "
gie , c'eft-à-dire dans leur langue, "
le culte des Dieux felon les ancien- "
nes maximes & felon les loix de "
Zoroaftre fils d'Oromafe. Le fe- "
cond les accoûtumoit à dire la vé- "
rité & à rendre la juftice. Le troi- "
fiéme leur enfeignoit à ne fe laiffer "
pas vaincre par les voluptés , afin "
d'être toujours libres & vraiement "
Rois, maîtres d'eux-mêmes & de "
leurs défirs. Le quatriéme forti- "
fioit leur courage contre la crainte, "
qui en eût fait des efclaves & leur "
eût ôté la confiance fi néceffaire "

,, au commandement. Les jeunes
,, Seigneurs étoient élevés à la porte
,, du Roi avec ses enfans. On pre-
,, noit un soin particulier qu'ils ne
,, vissent ni n'entendissent rien de
,, mal-honnête. On rendoit compte
,, au Roi de leur conduite. Ce comp-
,, te qu'on lui en rendoit étoit suivi
,, par son ordre de châtimens & de
,, récompenses. La jeunesse qui les
,, voïoit, apprenoit de bonne heure
,, avec la vertu la science d'obéir &
,, de commander......

,, L'art militaire avoit parmi eux
,, la préférence qu'il méritoit, com-
,, me celui à l'abri duquel tous les
,, autres peuvent s'exercer en re-
,, pos. ,,

Les Perses peints par M. de
Meaux sont bien différens de ceux
que l'Auteur moderne nous présente : ils ne sont ni tous *errans*, ni
partagés en *Laboureurs* & en *Nomades.* En particulier les Perses *Laboureurs*, bien loin d'être de ces peuples, qui semant les champs qu'ils
occupoient dans la saison des semàil-
les, en cherchoient d'autres aussi-tôt

que la moiſſon les avoit récompen-
ſés de la culture des premiers; étoient
chargés par état & par ordre du Prince de faire fleurir l'agriculture. Car
en Perſe, comme il y avoit des charges établies pour la conduite des armes, il y en avoit auſſi pour veiller
aux travaux ruſtiques : c'étoit deux
charges ſemblables, dont l'une prenoit ſoin de garder le païs, & l'autre de le cultiver : le Prince les protégeoit avec une affection preſque
égale, & les faiſoit concourir au
bien public. Il avoit même pour *Idem iba*
maxime, quand il entroit en guerre p. 476.
avec ſes voiſins, que les Laboureurs
devoient être, & étoient effectivement épargnés de part & d'autre.
D'où on doit conclure ſans crainte
de trop hazarder, que les Perſes Laboureurs exerçoient l'agriculture
dans toute ſon étenduë.

§. III.

En quoi conſiſtoit la nation entiere
des Perſes. Peuples d'au-delà
du Rhin, qui avoient paſſé dans
les Gaules avant la guerre des

Cimbres. Les soldats qu'Ario-
viste introduisit dans les Gaules,
sont les premiers Germains con-
nus de l'Europe. Leur nombre
revient à celui où leur Tribu
pouvoit monter en Perse.

Une autre chose à quoi il faut
prendre garde, c'est de ne pas donner à la Perse une plus grande étenduë, qu'elle n'avoit au tems dont
parle Herodote : car outre qu'elle
étoit extrémement bornée par les
Medes, dont elle étoit tributaire, &
qu'ainsi les Nomades n'auroient pû
y mener le genre de vie qui convenoit à leurs troupeaux ; les douze
tribus qui formoient la nation entiere
des Perses, ne faisoient gueres qu'environ six vingt mille hommes. Ce qui
réduit la tribu des Germains, dont
une bande pénétra peu à peu dans la
Germanie, & ensuite dans nos Gaules, au nombre d'environ dix ou douze mille Laboureurs. D'où je conclus que quand on porteroit la bande
dont on parle, jusqu'à la moitié de

Xen. Cy-
sop. lib. 1.

toute la tribu, elle ne devroit pas
paſſer pour fort conſidérable. Ce
qu'il eſt très-important d'obſerver
pour l'exactitude & la vérité de notre
Hiſtoire.

En effet cette remarque nous conduit ſûrement à la découverte de l'u-
nique & véritable peuple, qui au-
delà du Rhin portoit le nom de Germains, & qui après avoir franchi ce
fleuve & s'être établi en deçà, com-
muniqua, ainſi que je l'ai dit, ſon
nom, tant aux peuples qui étoient
reſtés dans la Germanie, qu'à ceux
qui aïant paſſé avant eux dans les
Gaules, avoient occupé les rives
gauches du Rhin. Les rives gauches
du Rhin étoient occupées non-ſeulement avant l'entrée d'Arioviſte dans
les Gaules, mais encore avant l'an
640 de Rome que commença la guerre des Cimbres; puiſque les Gaulois
mêmes convenoient que les peuples,
qui avoient défendu contre les Cimbres l'entrée des Gaules du côté du
Rhin, étoient originaires d'au-delà
de ce fleuve, qui après avoir chaſſé
les Gaulois qui cultivoient les bords

d'en-deçà, s'étoient mis en leur place. *Sic repcriebat plerofque Belgas effe*
ortos à Germanis, Rhenumque antiqui-
iùs tranfductos, propter loci fertilitatem
ibi confediffe ; Gallofque qui ea loca in-
colerent expuliffe ; folofque effe qui pa-
trum memoriâ, omni Galliâ vexatâ,
Teutonos Cimbrofque intrà fines fuos in-
gredi prohibuerint. Cæf. Bel. Gal. l. 11.
c. 4. Comme donc depuis l'invafion
de ces mêmes peuples aucun autre
d'au-delà du Rhin n'a paffé dans les
Gaules, & que ce n'eft que depuis
la premiere expédition d'Ariovifte
dans nos cantons, que le nom de Germains a été connu & répandu, ainfi
qu'on l'a dit ; par une conféquence
néceffaire, ce ne peut être que le
peuple d'au-delà du Rhin qu'Ariovifte introduifit dans les Gaules, qui
eût originairement le nom de Germains, & qui l'ait communiqué à
tant d'autres peuples étrangers des
Gaules & de la Germanie qui ne l'a-
voient point.

Ce qui vient à l'appui de cette vérité, c'eft que l'armée qu'Ariovifte
conduifit pour la premiere fois dans

les Gaules & qui comprenoit l'élite
des Germains qui étoient au-delà du
Rhin, n'étoit compoſée que de quinze mille hommes. Ce qui revient
parfaitement à cette bande de Germains, qui s'étoient détachés de
cette autre troupe de la même nation, qui du centre de la Perſe avoit
été tranſplantée ſur les bords du marais Méotide : car ni l'une ni l'autre
ne pouvoit pas être fort nombreuſe ;
mais elles l'étoient aſſez pour que le
nombre d'hommes qui compoſoient
au moins celle dont il s'agit, pût
quadrer avec le nombre de ſoldats
qu'Arioviſte mena d'abord au ſecours des Arvernes & des Sequanois, & de quelques autres, qui les
années ſuivantes marcherent ſur les
traces des premiers ; mais qui ne furent pas ſi bien partagés, ainſi que
je l'ai déja dit & que je le répéterai
bientôt.

§. IV.

Germains tranſplantés de Perſe
aux environs du marais Méoti-

de. Route que ces derniers ont
tenuë delà jusques sur les rives
du Rhin & dans les Gaules. En
quelle année ils ont passé le Rhin.

Il n'est pas si aisé de dire, comment
les Germains des environs du marais
Méotide ont pénétré dans cette vaste
région, qui de leur nom a été appellé Germanie, qu'il l'est d'expliquer
comment leurs ancêtres ont passé de
la Perse aux bords de ce marais. Cependant on ne peut gueres douter
que ces derniers n'y aïent été conduits par Cyrus même : car ce Prince
aïant entrepris la conquête de toute
l'Asie, il est visible qu'il a dû étendre son empire jusques-là ; & comme
nous avons des preuves certaines,
qu'entre tous les Rois de Perse c'est
lui qui a eu le plus à cœur la culture des terres, il y a tout lieu de
présumer qu'il a transporté dans ces
cantons, extrémement négligés par
les Scythes qui étoient les originaires du païs, ou la tribu entiere des
Germains, ou partie de cette tribu,
afin d'y introduire la fertilité.

A l'égard de cette bande de Germains qui abandonnerent leurs freres fur les bords de ce marais, & pafferent en Europe; l'Hiftoire ne four-
nit aucune lumiere, qui puiffe fonder
la plus legere conjecture ni fur le tems
de leur départ, ni fur la route qu'ils
ont dû ou pû tenir. Tout ce qu'on
peut dire de plus raifonnable à ce
fujet, c'eft que quelqu'une de ces
révolutions, qui font fi fréquentes
dans tous les Etats, & qui l'étoient
bien davantage en ces tems-là, donna
lieu à leur tranfmigration, qu'ils firent en cotoïant ou paffant le Pont-
Euxin, & en traverfant la Sarmatie
Européenne, la Pannonie, & la Germanie jufqu'au Rhin. On ignorera
toûjours quel tems ils mirent à
faire ce trajet, & quel féjour ils
firent dans la Germanie, & enfin la
figure qu'ils y ont faite. On fçait feulement qu'ils n'ont paffé le Rhin & *Caf bel.*
n'ont fait connoître leur nom aux- *Gal. l. 1.*
Gaulois, & par eux aux Romains, *c. 36,*
que l'an 681 de Rome, & quatorze
ans feulement avant que Céfar vînt
dans les Gaules en qualité de Pro-

conful. A quoi il faut ajoûter qu'A-
riovifte les plaça dans le païs des
Sequanois, un peu avant dans les
Gaules ; parce que les bords du Rhin
étoient occupés depuis long-tems
par ces Belges, qui ne permirent
point aux Cimbres de paffer ce
fleuve.

§. V.

Ce n'eft que dans les Gaules qu'il
faut chercher les véritables Ger-
mains. Vrai fens d'un paffage
de Tacite, qui n'a point été en-
tendu. Le paffage des Germains
dans les Gaules eft l'époque de
la connoiffance qu'on a euë de ce
peuple en Europe.

Ces vérités établies fur les fondemens les plus folides, en découvrent
une autre qui n'avoit point encore
été apperçuë : c'eft que ce n'eft plus
dans l'Allemagne qu'il faut chercher
les Germains ; ils ont tous paffé dans
les Gaules fous la conduite d'Ariovifte, & dans le cours des quatorze
années fuivantes : & quoiqu'ils aïent

donné leur nom, non-feulement à l'ancienne Germanie & à tous les peuples qu'elle comprenoit , mais encore aux peuples qui avoient paffé
le Rhin avant eux ; cela ne s'èft fait
que depuis qu'ils eurent pénétré dans
les Gaules, ainfi que nous l'avons
dit d'après Tacite ; ce qui conduit
naturellement à l'intelligence de ce
paffage du même Auteur , qui n'a
pas été entendu jufqu'ici : *Cæterùm* De mor.
Germ. c.
2.
Germaniæ vocabulum recens additum;
quoniàm qui prïmi Rhenum tranfgreffi
Gallos expulerint nunc Tungri tunc
Germani vocati funt , ità nationis nomen
in gentis evaluiffe paulatim , ut omnes
primum à Victore ob metum , mox à feip-
fis invento nomine , Germani vocarentur.
Au refte , dit Tacite , le nom de "
Germanie eft récent , c'eft un fur- "
nom qui n'eft en vogue que depuis "
affez peu de tems ; car le peuple "
qui paffa le premier le Rhin & "
chaffa les Gaulois , avoit alors le "
nom de Germains & non pas celui "
de Tongres comme aujourd'hui : "
Ainfi un nom de nation peu à peu "
l'a emporté fur celui de fes bran- "

,, ches ; enforte que la crainte qu'on
,, avoit du peuple victorieux , fit
,, qu'on donna d'abord fon nom à
,, tous les peuples d'au-delà du Rhin,
,, & que ceux-ci bientôt après le pri-
,, rent d'eux-mêmes. ,,

Ce qui a broüillé jufqu'ici les
Critiques & les a empêchés de pénétrer le fens de Tacite ; c'eft qu'ils
ont cru, que cet Hiftorien par les
peuples d'au-delà du Rhin, qu'il dit
avoir paffé ce fleuve les premiers ,
entendoit ceux qui l'avoient paffé
long-tems avant les Germains : au
lieu qu'il n'entend que ceux qui aïant
en propre le nom de Germains, ont
paffé le Rhin à la fuite d'Ariovifte
avec un tel fuccès, que les Gaulois
redoutant leur valeur, à l'approche
d'autres peuples d'au-delà du Rhin
qui vinrent fondre depuis chez eux,
fans examiner s'ils étoient Germains,
ou s'ils ne l'étoient pas, les prirent
pour de vrais Germains, & leur en
donnerent le nom. D'autre part, ces
peuples flattés d'un nom qui leur faifoit honneur, & qui au furplus leur
procuroit un fuccès au-delà de leurs
efpérances ,

efpérances , le prenoient eux - mêmes.

C'eft la penfée de Tacite tirée au
clair. Ainfi l'on voit que cet Hiftorien , abftraction faite de tous paffages du Rhin entrepris avant celui des
Germains , donne celui de ce peuple
pour le premier, parce qu'il fert d'é-
poque au nom de *Germains* , lequel
outre qu'il n'étoit point connu jufques-là , fut dès-lors communiqué
indifféremment à tous les peuples
d'au-delà du Rhin. D'ailleurs ce paffage eft le point fixe , où le nom de
Sueves, emploïé auparavant pour défigner en gros les peuples d'au-delà
de ce fleuve, difparoît tout à coup ,
& celui de Germains prend fa place.
A quoi on peut ajoûter une obfer-
vation qui a échappé jufqu'ici à nos
Hiftoriens ; c'eft que ni dans Tacite , ni dans aucun autre ancien,
on ne trouve nul trait de l'hiftoire de la Germanie qui précéde ce
tems-là , finon peut-être ce qui eft
dit en paffant des mouvemens , que
firent les Cimbres quelques quarante.

I

ans auparavant pour pénétrer dans les Gaules du côté du Rhin.

§. VI.

Méprifes de prefque tous les Ecri-
vains d'Allemagne. Vérités
qu'ils font obligés de reconnoître.

Voilà bien des vérités affomman-
tes pour les Allemands d'aujour-
d'hui ; ils fe font bercés jufqu'à préfent d'idées qui flatoient leur vanité :
ils en ont même rempli tous leurs
livres ; comme, que de tout tems les
peuples d'au-delà du Rhin étoient
Germains ; que les Germains, fous
le nom de Celtes, avoient franchi les
Alpes, pris Rome, affiégé le Capitole, inondé l'Illyrie, la Pannonie,
la Macédoine, la Grèce, la Thrace,
& fondé un puiffant empire dans l'A-
fie mineure ; & enfin, qu'eux Allemands étoient les defcendans de ces
Germains, dont ils débitoient tant
de merveilles. Mais aujourd'hui que
le charme eft rompu, à ces fables il

faut fubſtituer les vérités fuivantes ;
Que le premier nom fous lequel les
peuples d'au-delà du Rhin ont été
connus, eſt celui de Sueves : Que la
premiere fortie des Sueves hors de
leur païs dont on ait connoiſſance ,
ne va pas aù-delà du commencement
du feptiéme fiécle de Rome ; & que
cette fortie, & quelques autres po-
ſtérieures, fe font terminées dans les
Gaules : Que c'eſt feulement depuis
l'an 681 de Rome , que les peuples
d'au-delà du Rhin ont été appellés
Germains : Que c'eſt l'irruption faite cette même année par les Germains dans les Gaules, qui a donné
lieu à cette dénomination : Que les
vrais Germains au-delà du Rhin é-
toient un peuple étranger : Enfin ,
que les deſcendans des vrais Germains font dans les Gaules , partie
dans le canton des Sequanois qui
avoiſinoit le Rhin, & partie entre la
Meuſe & la Moſelle ; c'eſt-à-dire ,
que les premiers étoient dans la Germanie fupérieure , & les autres dans
la Germanie inférieure.

I ij

§. VII.

Les vrais Germains aïant tous fondu dans les Gaules, les Auteurs n'ont parlé sous ce nom, que des peuples qui avoient hérité d'un nom, qui ne leur appartenoit pas. Les Germains de Perse n'étoient, ni ne pouvoient être les Carmani *des anciens.*

Pag. 233. » Tels étoient les Germains, com-
» me il résulte des témoignages ex-
» près de Céfar, de Tacite, &c. aux-
» quels on peut ajoûter plusieurs
» preuves, qui se tirent ou de leur
» histoire, ou de leurs mœurs : par
» exemple, le motif qui les amena
» dans les Gaules, fut la fertilité des
» terres, *ob fertilitatem loci*, dit Cé-
» far ; certainement un tel motif ne
» peut convenir qu'à des peuples qui
» cultivent la terre, & profitent de
» sa fécondité : de même leur pre-
» mier présent de nôces étoit une

» couple de bœufs fous le joug, *juncti*
» *boves* ; on joignoit un cheval bri-
» dé , une frame & une épée : rien
» pouvoit-il mieux caractérifer des
» peuples *laboureurs*, qui partageoient
» leur vie entre la charuë & les ar-
» mes ? »

Les preuves que l'Auteur moderne tire de l'hiftoire & des mœurs des
Germains , ne prouvent pas plus
qu'ils fûffent les Germains *laboureurs*
de la Perfe, que les yeux , les bras ,
les mains , & les autres préfens qu'ils
avoient reçus de la nature ; ce font
comme des felles à tous chevaux ,
fur quoi on n'oferoit fe décider. Il
n'y a point de nation dans l'univers,
qui ne préfente de pareilles reffem-
blances.

Mais l'Auteur moderne eft-il bien
affûré que les Germains , de l'hiftoire & des mœurs defquels il tire des
preuves pour établir la conformité
qui le frappe, font ces Germains *la-*
boureurs, qui, de la Perfe d'abord,
& enfuite du marais Méotide, avoient
paffé dans la Germanie ? Si cela eft,

les Ecrivains dont il a tiré ces preu‑
ves , ont ſuivi ces Germains dans
les Gaules pour écrire leur hiſtoire ,
& peindre leurs mœurs: car Ceſar ,
& plus expreſſément Tacite , font
foi , que la nation entiere des vrais
Germains étoit venu fondre dans les
Gaules, & s'y fixer. Mais quelque
aſſûré que ſoit l'Auteur moderne
touchant ce qu'il avance, il eſt bien
plus certain qu'aucun Auteur n'a
ſongé à rendre ce ſervice aux Ger‑
mains , & qu'au contraire pluſieurs
ſe ſont empreſſés de le rendre aux
peuples d'au‑delà du Rhin, qui, ſans
être Germains, ont hérité du nom
de Germains, quand les vrais Ger‑
mains ont paſſé dans les Gaules. On
prie l'Auteur moderne d'examiner ,
ſi en effet il ne nous préſente point
le portrait de faux Germains, au‑
quel tant d'anciens ont travaillé ,
pour le portrait des vrais Germains,
auquel perſonne n'a encore oſé tou‑
cher. En attendant l'examen, qu'il
trouve bon que nous ne nous arrê‑
tions pas à des preuves, qui ne prou‑
vent quoique ce ſoit.

Quant à ce qu'il dit dans ſes remarques & additions, page 407,
qu'*il n'eſt pas douteux que les* Γερμανιοι
ne ſoient ceux, que d'autres ont appellés
Καρμανιοι, *& que l'on trouve vulgaire-*
ment dans les Auteurs, ſous le nom de
Carmani : il n'y a d'autre inconvé-
nient, ſinon que les *Carmani* étoient
les habitans de la Carmanie ; & que
de tout tems la Carmanie a été une
Province différente de celle de Perſe. Et quand on objecteroit, que depuis Cyrus la Carmanie a été une
Province de l'Empire de Perſe, ce
n'eſt point dans la Carmanie, mais
dans la Perſe, qu'Hérodote place les
Germains *laboureurs*, qui ſont les ancêtres des Germains, leſquels ont
donné leur nom à cette vaſte région,
qui eſt au-delà du Rhin, & à la partie
des Gaules, qui s'étend depuis la
ſource juſqu'à l'embouchure de ce
fleuve.

CHAPITRE XI.

Regles qu'il faut suivre en cher-
chant les antiquités des peuples
& des nations. Préjugé mal
fondé, où l'on est généralement
contre l'Histoire des Gaules &
des Gaulois. Avantages im-
menses qu'on retireroit d'une si
belle Histoire. Plan à peu près
qu'il faudroit suivre en la fai-
sant.

Voilà mes remarques sur quelques endroits du premier vo-
lume des *Mémoires pour servir à l'Hi-*
stoire des Gaules & de la France. Je me
suis retranché aux articles qui concernent les Gaules, & aux points
seulement à l'éclaircissement desquels
l'Auteur n'emploie que des conjectures; & des conjectures encore entiérement étrangeres au sujet qu'il
entreprend de traiter. Aussi avoüe-

rai-je ingénuëment , que je n'ai gagné autre chofe à le fuivre par tous
les chemins de traverfe , où il m'a
jetté, qu'un épuifement général, fans
avoir fait un pas au-delà du terme ,
d'où il m'avoit fait partir. Auffi eft-
ce tout le fuccès à quoi doivent s'attendre les Ecrivains , qui, pour é-
claircir nos antiquités , ont recours
à des étymologies Hébraïques , au
lieu de confulter immédiatement les
fources : c'eft efcalader Alexandrie ,
pour fe rendre maître de Paris. Comme fi la lumiere que la plûpart de
ces étymologies préfentent, n'étoit
pas comme ces feux noéturnes , qui
ne manquent pas de faire égarer le
voïageur ; ou comme ces figures
qu'on croit voir dans les nuës , & qui
n'ont d'autre confiftance que le coup
d'œil.

Mais , dira-t'on , faut-il laiffer nos
antiquités dans les ténébres dont elles
font enveloppées ? Oüi , fans doute ,
du moins à l'égard de cette partie ,
qui, comme celle des antiquités de
toutes les nations , eft condamnée à

n'être jamais éclaircie : & on le doit
avec d'autant plus de fondement ;
Qu'on prend des routes diamétrale-
ment oppofées à celles qu'il faut tenir pour arriver au but : Qu'on n'é-
tudie pas aſſez le génie, le caractere
& l'humeur des Gaulois, leur Religion, leur courage, leur intrépidité,
leur franchiſe, leur équité, leurs mi-
grations, leurs conquêtes ; Qu'on ne
confidere pas la poſition des Gaules
dans ſon véritable jour ; Qu'on n'a
qu'une légere teinture de l'Hiſtoire
de ſes habitans ; Qu'on s'efforce d'aſ-
ſujettir les coûtumes, les uſages, &
les maximes de ces derniers, aux
coûtumes, aux uſages, & aux maximes de leurs voiſins, qu'il eſt néanmoins certain que les Gaulois ont
foûmis pendant pluſieurs ſiécles ; &
auxquels par conféquent ils ont communiqué leur eſprit, leurs loix, leur
Religion & leurs manieres, comme
c'eſt l'ordinaire des vainqueurs.

Voilà à peu près les obſtacles,
qui arrêtent les progrès que l'on
pourroit faire dans la connoiſſance de

nos antiquités ; mais il y en a un plus
fort encore, qui eſt peut-être la
ſource des autres ; & celui-ci ne regarde pas l'origine des Gaulois, que je
viens d'aſſûrer être condamnée, auſſi
bien que celle de preſque toutes les autres nations, à n'être jamais débroüil-
lée. Il a pour objet leur hiſtoire &
celle de leurs conquêtes. On la croit
impoſſible, ſans ſuite, ſans liaiſon
avec celle des autres peuples, ob-
ſcure, peu intéreſſante, & dépour-
vûë de titres & d'originaux. C'eſt
un préjugé, dont perſonne n'eſt peut-
être exempt : j'en ai été moi-même
infecté comme les autres pendant
pluſieurs années : & c'eſt le ſeul pré-
texte que j'ai oppoſé aux fortes in-
ſtances, que mon traité de la Religion
des Gaulois donnoit occaſion de me
faire aſſez ſouvent, d'entreprendre un
travail de cette nature. Le hazard ſeul
a contribué à diſſiper mon aveugle-
ment. Il y a trois ou quatre ans ,
qu'obligé de garder la chambre à cauſe d'une maladie qui m'y retenoit, je
ne ſçai quel eſprit de curioſité me

porta à repaſſer ce que j'avois lû autrefois des Gaules & des Gaulois
dans les différens Auteurs, qui m'é-
toient tombés entre les mains : je
paſſai ainſi alternativement des Grecs
aux Romains , & des anciens aux
modernes ; & je les comparai enſemble : le tems que je mis à les compa-
rer fut long ; mais il ne me le paroiſ-
ſoit point , parce que je découvrois
toûjours quelque nouveau jour , &
que le plaiſir qui y étoit attaché ,
changeoit en roſes les épines dont
cette ſorte d'occupation étoit hériſ-
ſée. C'eſt ainſi que je parvins peu à
peu à ouvrir entiérement les yeux ,
& à reconnoître deux choſes qui é-
toient d'un grand prix : la premiere ,
que les anciens fourniſſoient des matériaux en abondance , pour faire une
Hiſtoire ſuivie des Gaulois , qui auroit non-ſeulement tout le mérite de
la nouveauté , puiſqu'outre que ce
ſujet n'avoit jamais été entamé , il
paſſoit même pour ne pouvoir , & ne
devoir jamais l'être ; mais encore
qui corrigeroit l'Hiſtoire Grecque.

& l'Hiſtoire Romaine dans tous les points qui concernent les Gaulois, répandroit ſur l'une & ſur l'autre de grandes lumieres, & les rendroit bien plus complettes qu'elles ne le ſont. La ſeconde, que les modernes, à l'exception d'un fort petit nombre, qui ont aſſez bien éclairci quelques difficultés détachées qui regardent les Gaules, n'ont preſque vû goute dans notre Hiſtoire, ni dans ſes rapports. On n'entrera dans aucun détail ſur cela, afin qu'on ne puiſſe point nous attribuer des vûës, que nous n'avons ſûrement point. Nous nous contenterons de propoſer le commencement des Annales des Gaules de notre façon, autant pour le ſoûmettre au jugement des Sçavans, avoir leur avis, & profiter de leurs lumieres, qu'afin que le Lecteur ait comme ſous ſes yeux la diſtance infinie qu'il y a entre l'idée qu'on s'eſt formée juſqu'ici de notre Hiſtoire, & celle qu'on doit s'en former, ſelon les regles éxactes de la Chronologie, de la Géographie & de la vérité.

En dreſſant ces Annales, on s'eſt
moulé ſur celles que les Collecteurs
des Hiſtoriens des Gaules & de la
France ont tracées : & , comme eux,
on a ſuivi le calcul des Faſtes Capitolins.

ANNALES
DES GAULES,
ET
DES CONQUÊTES
DES GAULOIS.
AVEC

La réfutation des victoires imaginaires remportées par les Romains sur les Gaulois, depuis la bataille d'Allia, jusqu'à l'an 448 de Rome.

Avant l'Etablissement des Olympiades, & la Fondation de Rome.

A BRETAGNE a reçu son nom des Bretons de l'Armorique, qui y ont passé les premiers, & qui s'établirent dans les Provinces méridionales

de l'ifle. *Bed. hift. Angl. Eccl. lib. 1. c. 1.*

L'intérieur de la Bretagne eft occupé par des peuples, qui paffent pour être Indigénes; mais les côtes maritimes n'ont pour habitans que des Gaulois, qui y ont paffé pour y faire des conquêtes & du butin : auffi retiennent-ils le nom des Cités Gauloifes, d'où ils font fortis. Ils s'y font fixés les armes à la main, & ils cultivent les terres, dont ils fe font mis en poffeffion. Leur nombre eft infini. Prefque tous leurs bâtimens font conftruits à la Gauloife. *Cæfar. bel. Gal. l. v. c. 12.*

Les peuples de la Bretagne ont les Gaulois pour voifins ; auffi leur reffemblent-ils beaucoup, foit que cette reffemblance dérive d'une même origine, ou qu'elle vienne de l'influence des aftres, qui opere les mêmes effets dans des païs différens. En général, il paroît que les Gaulois ont peuplé une ifle, qui étoit à leur voifinage, & qu'ils y ont porté leur Religion, puifqu'on y exerce ouvertement le même culte que dans les Gaules. La langue y eſt auſſi preſque la même. Bien plus, l'ardeur avec laquelle les Anglois bravent le péril, & le découragement qu'ils font paroître dans les mauvais ſuccès, ſont des vertus & des vices qui leur ſont communs avec les Gaulois. *Tacit. vit. Agric. c.* 11.

La Bretagne eſt à quelque cinquante-ſix milles de la Belgique, qui eſt occupée par les Morins. Les anciens, tant Grecs que Romains, ont ignoré ſi cette iſle exiſtoit. Quand elle a été découverte, on a douté ſi c'étoit un continent, ou vraiment une iſle ; & il a paru pluſieurs écrits, dont les Auteurs, faute de ſe transporter ſur les lieux, ou de conſulter les naturels du païs, ont ſoûtenu l'un & l'autre ſentiment. Dans la ſuite, d'abord ſous le gouvernement du Propreteur Agricole, & enfin de notre tems ſous l'Empire de Sévere, la queſtion a été décidée ; & l'on a reconnu que l'Angleterre étoit une iſle véritable. *Dio. l. xxxix. p.* 14.

Le génie des Bretons eſt le même que celui des Gaulois, hors qu'ils ſont

plus fimples & plus barbares. *Strab.*
l. iv. p. 200. *A.*

Plufieurs années avant l'établiffement des Jeux Olympiques, les Rhodiens ont envoïé par mer des colonies loin de leur ifle : leurs vaiffeaux
ont pénétré même jufqu'en Efpagne,
où ils bâtirent Rozes, que les Marfeillois occuperent enfuite. *Strab. l.*
xiv. p. 654. *C.*

Les Rhodiens, qui étoient puiffans fur mer, ont fondé Rhode dans
les Gaules. *Scymnus Chius. vers.* 103.
Plin. hift. l. iij. c. 4. *Hieronym. Prolog.*
Epift. ad Galat. Ifidor. Orig. lib. xiij.
c. 16.

Infubres établis en Italie avant les
tems de Bellovéfe. *Tit. Liv. lib. v.*
c. 34.

Venétes des Gaules, qui avoient
paffé en Italie de tems immémorial.
Strab. lib. v. p. 212. Quoiqu'ils ne
parlâffent pas Gaulois depuis long-
tems, ils avoient les mêmes mœurs
& les mêmes maniéres que les Gaulois. *Polyb. lib. ij. p.* 105.

Les Ombriens étoient les defcendans des plus anciens Gaulois, qui

àvoient paſſé en Italie. *Servius Æneid.*
xij. p. 724. *Solin. c.* 8. *Iſidor. Orig. l.*
xj. c. 2.

Les Ombriens chaſſés de leurs demeures par les Pélaſges, paſſent la
Nera, ſe fixent en-deçà de cette riviere, changent de nom, & prennent
celui de Sabins. *Dionyſ. Halicarn. l.*
ij. p. 109.

Les Samnites étoient une colonie,
ou plûtôt un printems ſacré offert au
Dieu Mars, en action de graces d'une
victoire ſignalée, que les Sabins ſa-
voient gagnée ſur les Ombriens. *Str.*
l. v. p. 250. *Feſtus in* Samnites.

Les Picentes, les Picentins, &
les Herniques, autres colonies des
Sabins. *Servius Æneid. l. vij. p.* 496. *B.*

Les Veſtins, les Marſes, les Peli-
gnes, les Marucins & les Frentains,
tous peuples deſcendus des Samnites, avoient leurs terres au-delà du
Picenum. *Strab. l. v. p.* 241. *B.*

Les Lucaniens étoient auſſi une
colonie des Samnites, qui chaſſa les
Chones & les Œnotriens des contrées, dont ils étoient en poſſeſſion,
ſe mit en leur place, & leur commu-

niqua fon nom. *Strab. l. vj. p. 253. B.*
& 254. C.

Les Hirpins étoient reconnus pour
être Samnites d'origine. Ils prirent
leur nom de *Hirpus*, qui, chez eux,
fignifioit *un loup*, parce que c'est en
effet un loup, qui fut donné pour
conducteur à la Colonie, felon l'u-
fage de ces tems. *Strab. lib. v. pag.*
250. D.

Les Campanois étoient d'autres
Samnites, qui, l'an 313 de Rome,
maffacrerent les habitans de Vultur-
ne, lefquels leur avoient donné retraite chez eux, s'emparerent de leur ville, & l'appellerent Cāpouë, du nom
de leur chef nommé Capys. *Tit. Liv.*
l. iv. c. 37. & 44. Servius Æneid. x.
p. 601. E. Diod. Sic. l. xij. p. 303. D.

Les Mamertins étoient un printems facré des Campanois, dont on
trouve l'hiftoire dans Feftus *in Ma-*
mertini.

Les Bruttiens étoient les enfans
propres des Lucaniens. Leur hiftoire eft curieufe : on peut la lire dans
Strabon *Lib. v. p. 228. & 241. C.*
l. vj. p. 255. B. Diodore de Sicile. lib.
xvj. p. 518. & dans Juftin. l. xxiij.

Tems incertains depuis la fonda-
tion de Rome.

Les Celtes traversent les Pyrenées, font alliance avec les Iberes,
demeurent avec eux, & donnent
naiſſance au nom de Celtibere. *Ap-*
pian. Hiſpan. p. 256. A.

Les Celtes & les Iberes, après
avoir diſputé vivement le terrain les
uns contre les autres, font la paix,
& conviennent de vivre & de demeurer enſemble : bien-tôt les différentes familles, dont les deux peuples étoient compoſés, s'unirent plus
étroitement, ſe confondirent même
par les mariages qu'elles contracté-
rent réciproquement. C'eſt de ces
mariages que ſont ſortis ceux qui ont
hérité du nom de l'un & de l'autre
peuple, & qui portent celui de Cel-
tiberes ; nation vaillante, qui ſçut
bien défendre le païs fertile dont elle
étoit en poſſeſſion, & qui n'eſt jamais
déchuë de la gloire qu'elle s'étoit ac-
quiſe ; auſſi les Romains n'ont-ils pû
la ſoûmettre, que dans ces derniers
tems. *Diod. Sic. l. v. p. 310.*

Différens cantons d'Espagne occupés par les Gaulois. *Strab. lib. ij. p.* 107. *Plin. hist. lib. iij. c.* 1. 2. *& 3.*

La partie des Gaules, qui est à la rive droite du Rhône, & dont les côtes, en forme de croissant, forment le golfe de Léon, s'appelloit autrefois Iberie. *Scylax Peripl. p.* 3. *Strab. l. iij. p.* 166. *Scymnus Chius, vers.* 105.

Tribunal érigé dans les Gaules, composé de Dames, pour décider des affaires les plus importantes de l'Etat, & rendre la justice. *Plutarc. virt. mult. t. ij. p.* 246. *Polian. Stratag. lib. vij.*

Tems certains.

L'AN 154. DE ROME: 600. AVANT JESUS-CHRIST.

Des Asiatiques de la ville de Phocée, après avoir refusé l'établissement en Espagne, qu'Arganthonius Roi de Tartesse leur offroit, *Herodot. lib.* 1. *c.* 163. arrivent dans les Gaules pour y bâtir une ville, qui a été celle de Marseille. *Tit. Liv. l. v. c.* 34. *Plutarc. in Solon. t.* 1. *pag.* 79.

Silius Italic. l. xv. vers. 169. Scymnus Chius vers. 102. Scylax Peripl. pag. 4. Stephanus Byzant. in Μασσαλία. *&c.*

Ambigat, Roi des Bituriges, auffi célébre par fa valeur, que par fes richeffes, voulant décharger les Gaules de la multitude infinie d'habitans qui pouvoient l'affamer, donna ordre à Bellovéfe & à Sigovéfe fes neveux, Princes de grande efpérance, d'affembler chacun de fon côté le plus de Gaulois qu'ils pourroient, & de les aller établir, les uns en Italie, & les autres au-delà du Rhin. *Tit. Liv. l. v. c.* 34. *Plutarc. in Camil. p.* 136.

Bellovéfe ne pouvant découvrir aucun fentier, par où il pût pénétrer en Italie; & les montagnes qu'il lui falloit traverfer, lui paroiffant toucher aux cieux, s'arrêta pendant quelques années au pied des Alpes, & força les Salyens à fouffrir que les Phocéens s'établiffent dans leur canton. *Tit. Liv. & Plutarc. ibid.*

Sigovéfe conduit fa colonie dans la forêt Hercynie. *Tit. Liv. ibid.*

L'an 156. de Rome : 598. avant Jesus-Christ.

Euxenus, à la tête d'un renfort de Phocéens qu'il doit conduire dans les Gaules, consulte en passant l'Oracle de Diane d'Ephése. Aristarque, la plus illustre Matrone de la ville, vient lui dire, qu'elle a reçu ordre de la Déesse de prendre une de ses Statuës, & de le suivre. Euxenus se rembarque, aborde à Marseille : se rend à la Cour de Nannus, épouse la fille de ce Prince. Sa postérité florissoit encore à Marseille du tems de l'Empereur Commode. *Strab. l. iv. p. 179. Athen. l. xiij. pag. 576. Justin. l. XLIII. c. 3.*

L'an de Rome 162 : avant Jesus-Christ 592.

Aruns, un des plus riches & des plus confidérables habitans de Clufium, pour tirer vengeance d'un affront sanglant qu'il a reçu de son pupille, vient dans les Gaules, fait des présens à Bellovése, & l'introduit en Italie avec la colonie qu'il y conduisoit.

duifoit. *Tit. Liv. l. v. c. 33. Strab. in
Camil. p. 136.*

Un Helvetien nommé Helicon,
qui avoit demeuré quelques années à
Rome, revient dans les Gaules avec
un vaiffeau chargé de figues féches,
de raifins, de vin & d'huile, & atti-
re ainfi les Gaulois en Italie. *Plin.
bift. l. xij. c. 3.*

L'AN DE ROME 164. AVANT
JESUS-CHRIST 590.

Elitovius, à la tête des Cenomans,
tient la même route que Bellovéfe ;
& favorifé par ce Prince, il entre en
Italie, & s'empare du Breffan, du
Cremonois, du Mantoüan, & du Ve-
ronois. *Tit. Liv. l. v. c. 35.*

L'AN 165. DE ROME: AVANT
JESUS-CHRIST 589.

Les Salluviens ou Salyèns paffent
les Alpes, & s'établiffent le long du
Tefin, auprès des Liguriens appellés Leves. *Tit. Liv. ibid.*

K

L'AN 166. DE ROME: AVANT JESUS-CHRIST 588.

Les Boïens & les Lingonois fe rendent en Italie par les Alpes Penines, & s'arrêtent fur les bords du Pô. *Idem ibid. Diony. Halic. l. vij. p.* 404. *Strab. l. v. p.* 212.

L'AN 167. DE ROME: AVANT JESUS-CHRIST 587.

Les Senonois font les derniers de tous les Gaulois, qui fondent en Italie. *Tit. Liv. ibid.* & s'arrêtent endeçà du Pô, auprès des Infubres. *Strab. l. v. p.* 212.

Les Vertocomores, les Caturiges, les Salaffes, les Taurins, les Ananes, & quelques autres peuples des Gaules pafferent auffi en Italie avec quelqu'une des bandes, dont nous venons de parler.

Pendant ces années & les fuivantes, les Gaulois conduits par Sigovéfe, franchirent les monts Riphées, & s'étendirent non-feulement jufqu'aux rives de l'Océan feptentrional, mais encore jufqu'aux extrémi-

tés de l'Europe. *Plutarc. in Camil.*
pag. 135.

Sur leur chemin ils fubjuguoient
les barbares, qui s'oppofoient à leur
paffage. Ils pénétrerent dans l'Illyrie, & quelques-uns fe fixerent dans
la Pannonie. *Juftin. l. xxiv. c. 4.*

Les Hiftoriens font mention de
trois autres expéditions des Gaulois
au-delà du Rhin, dont ils ne marquent point le tems.

Cefar parle de la premiere : elle
n'étoit compofée que de Tectofages,
qui s'arrêterent aux environs de la
forêt Hercynie, dont ils défriche-
rent le quartier le plus fertile. Ils s'y
maintenoient encore du tems de notre Hiftorien, refpectés de leurs voifins, à caufe de leur valeur, & des
vertus morales, dont ils faifoient
profeffion. *Cafar. bel. Gal. lib. vj.
c. 24.*

Strabon indique la feconde : c'é-
toient encore des Tectofages qui la
firent. Comme ils étoient multipliés
à l'infini, leur grand nombre introduifit la licence, & enfuite la fédi-
tion : ce qui forma deux partis, dont le

plus fort chaffa le plus foible. Les Tectofages chaffés entraînerent quelques
autres peuples des Gaules, avec lefquels ils commirent bien des défor-
dres & des perfidies, dont Polybe a
eu foin de nous inftruire. *Strab. l. iv.
p. 187. Polyb. l. ij. p. 95.*

Nous ne connoiffons la troifiéme
& derniere expédition des Gaulois
dans la Germanie, que par ce que
dit Tacite, que les Helvetiens habitoient entre la forêt Hercynie, le
Rhin & le Mein ; & que les Boïens
étoient au-delà, dans le canton, qui,
de leur nom, fut appellé la Bohé-
me. *Tacit. mor. Germ. c. 28.*

On ne peut gueres douter que les
Suardons, les Carnes, les habitans
de Carnunte, les Taurifques, les Ja-
pydes, ou Japodes, les Scordifques,
les Baftarnes, & quelques peuples
femblables qu'on trouve au-delà du
Rhin, n'euffent une origine Gauloife, ou Celtique ; quoiqu'on ne puiffe
dire, ni en quel tems, ni comment
ils ont paffé dans la Germanie.

L'AN DE ROME 168. AVANT JESUS-CHRIST 586.

Nannus Roi des Segoreïens, de la bonté duquel les Phocéens tenoient l'emplacement, où ils avoient bâti Marseille, meurt. Comanus son fils lui succéde. Un Prince de ses voisins vient le trouver, & lui persuade de détruire Marseille, avant qu'elle prenne de plus grands accroissemens. Ils concertent ensemble de la surprendre le jour consacré aux Jeux Floraux. Leur entreprise est découverte; ils sont eux-mêmes surpris & massacrés. *Justin. lib. XLIII. c. 4.*

L'AN DE ROME 170. AVANT JESUS-CHRIST 584.

Les Gaulois d'Italie sont déchirés par des guerres intestines. *Polyb. lib. ij. p.* 106. Guerres qu'ils soûtiennent contre les Montagnards des Alpes. *Idem. ibid.*

L'an 202. de Rome: Avant Jesus-Christ 552.

Harpalus ou Harpagus, Gouverneur de l'Ionie pour le Roi de Perse, voulant introduire dans son gouvernement le pouvoir arbitraire, assiége la ville de Phocée & la presse : ses habitans l'abandonnent ; une partie se retire en Occident, & vient surgir à Marseille. *Herodot. l. 1. c.* 164. *Justin. l. XLIII. c. 3.*

Les Marseillois envoïent plusieurs colonies dans quelques ports des Gaules & de l'Espagne, afin d'étendre leur commerce ; & ils y établissent le même culte, & la forme de gouvernement qui étoit observé dans la Métropole. *Strab. l. iv. p.* 181. *A.*

Colonies des Marseillois dans les Gaules.

Agde servoit de rempart aux Marseillois, contre les entreprises des Gaulois. *Strab. ibid.*

Olbie. *Idem. ibid.*

Taurois, ou Tauroentium. *Idem. ibid.*

Antibe. *Strab. ibid. p.* 184.

Nice. *Strab. l. iv. p.* 180. & 184.

Athenopolis. *Plin. l. iij. c.* 4.

Rhode fondée d'abord par les Rhodiens à l'embouchure du Rhône, & poſſédée après eux par les Phocéens de Marſeille. *Strab. l. iv. p.* 180. *A.*

Frejus, mais ſous un autre nom que celui de *Forum Julii*, que cette ville eut dans la ſuite. Sous Auguſte elle fut appellée *Colonia Claſſenſis*, parce que ce Prince y établit un bon arcenal.

Ces ſept dernieres villes, ſur-tout Antibe & Nice, tenoient en reſpect les Liguriens.

Colonies des Marſeillois en Eſpagne, toutes dans la Tarraconoiſe.

Hemeroſcopium ou Dianium, à cauſe d'un temple de Diane bâti ſur une coline. Cette ville qui eſt dans le Roïaume de Valence, s'appelle encore Denia. *Strab. l. iij. p.* 159.

Rozes bâtie de toute antiquité par les Rhodiens. Strabon l'appelle Rhodope, & Etienne de Byzance Rho-

danusia. Les Marseillois la fortifie-
rent à leur maniere : elle est dans la
Catalogne.

Empories , ou Ampuries, à quatre ou cinq lieuës de Rozes : ville
autrefois considérable ; qui avoit
quelque chose de singulier, puisque
dans une même enceinte, il y avoit
deux villes parfaites , séparées par
un mur : celle qui étoit du côté des
terres, étoit occupée par les Iberes ;
& les Marseillois seuls possédoient
celle qui faisoit face à la mer. *Strab.*
ibid. Tit. Liv. l. xxxiv. c. 9.

L'AN DE ROME 225. AVANT JESUS-CHRIST 529.

Les Boïens, les Lingonois & les
Senonois, qui, depuis leur entrée en
Italie , avoient demeuré en-deçà du
Pô, au voisinage des Insubres , as-
semblent quantité de bateaux , pas-
sent le Pô, chassent les Hetrusques
de toutes les places qu'ils occupoient
depuis cette riviere , jusqu'au golfe
Ionien , & se mettent en leur place.
Strab. lib. v. p. 212. *Polyb. l.* I. *pag.*
105. *Diony. Halic. l. vij. pag.* 404.
Tit. Liv. l. v. c. 35.

Les Boïens étoient maîtres des terres qui font entre le Pô & le Reno. Leur nation étoit compofée de cent douze tribus. *Plin. hift. lib. iij. c. 15.*

Les Lingonois fe placerent au-delà des Boïens, dont ils étoient féparés par l'Idice, comme ils l'étoient des Senonois par le Montone. Ils ne font point grande figure dans l'Hiftoire : auffi n'eft-il parlé d'eux qu'autant qu'il eft queftion des Boïens ou des Senonois, dans les terres defquels les leurs étoient enclavées.

On a cru jufqu'ici que les Senonois ne s'établirent, que fur les côtes de la mer Hadriatique d'un côté, & au pied de l'Apennin de l'autre, jufqu'à l'Efino. Mais on fe trompe : Il eft certain que les Senonois d'Italie ont englouti la plus grande partie des terres, qui s'étendoient des deux côtés de l'Apennin, depuis un peu au-delà du Pô, jufques bien avant dans la grande Grèce. Ainfi partie de ce peuple étoit fur la mer Hadriatique, quelques autres fur la

K v.

mer Tyrrhenienne, & le reste sur la
mer Ionienne. *Appian. Annibal. pag.*
318. Tit. Liv. l. v. c. 33. l. vij. c. I.
& 2. Diod. Sic. l. xiv. p. 321. & 325.
Justin. l. xx. c. 5,

C'est à peu près à ce tems, qu'il
faut rapporter la création du corps
de milice appellé Gésates.

L'an de Rome 229. Avant Jesus-Christ 525.

Le Philosophe Pythagore, après
avoir été fait esclave en Egypte, &
mené en Perse par Cambyse, vient
dans les Gaules, pour être disciple
des Druïdes. *Alex. Polyhist. apud Cle-*
ment. Alex. Strom. 1. p. 304. B.

L'an de Rome 273. Avant Jesus-Christ 481.

Xerxès, voulant venger l'affront
que les troupes de son pere avoient
reçu à Marathon, forme le dessein d'as-
sujettir la Grèce: pour empêcher que
les colonies Grecques, qui étoient
en grand nombre dans l'Italie & dans
la Sicile, ne vînssent au secours de
leurs Métropoles, il fait une ligue

avec les Carthaginois, qui s'oblige-
rent d'attaquer toutes les colonies
dans trois ans. Pour cet effet, ils prirent des Gaulois à leur folde, & for-
merent une armée de trois cens mille
hommes : mais ils furent défaits par
Gelon, Roi ou Tyran de Syracufe.
Diod. Sic. l. xj. p. 1. & 16.

L'AN DE ROME 349. ou 350. AVANT J. C. 405. ou 404.

Les Gaulois démembrent quelque
partie de l'Etrurie, & s'avancent affez près du temple de Voltumne.
Cette marche tient en échec la nation entiere des Tyrrheniens, & l'empêche de fecourir Veïes, preffée par
les Romains. *Tit. Liv. l. v. c.* 17.

Un devin de Veïes annonce en plein
Sénat, que les Romains fe rendroient
maîtres de cette ville : mais il cache
que la prife de cette ville doit être
fuivie de celle de Rome par les Gaulois. *Cic. de Divinat. l.* 1.

L'AN DE ROME 357. AVANT JESUS-CHRIST 397.

Le jour même que les Romains
K vj

prirent Veïes , les Infubres , les
Boïens & les Senonois fe rendirent
maîtres de Melpe dans la Gaule
Tranfpadane , & la détruifirent de
fond en comble. *Plin. hift. l. iij. c.* **17.**
Ainfi il y avoit des Boïens & des
Senonois en-deçà du Pô ; c'eft-à-
dire , dans la Gaule que les Romains
appelloient Tranfpadane : ce qu'aucun Géographe n'a obfervé.

Les Carthaginois prennent quelques barques de pêcheurs aux Marfeillois ; fur le refus qu'ils font de les
rendre , les Marfeillois leur déclarent la guerre , & remportent fur eux
de grandes victoires. *Juft. l. XLIII.
c. 5.*

L'AN DE ROME 359. AVANT JESUS-CHRIST 395.

Les Gaulois & les Liguriens conduits par Catumandus , entrepren-
nent de détruire Marfeille jufques
dans fes fondemens. Catumandus les
trahit , & fait avorter leurs deffeins.
Juftin. l. XLIII. c. 5.

L'AN DE ROME 360. AVANT JESUS-CHRIST 394.

Les Marſeillois envoient à Delphes des Députés, pour offrir de leur part à Apollon des preſens en action de graces, des victoires qu'ils avoient remportées ſur les Carthaginois. Nature de ces preſens. *Juſtin. ubi ſuprà. Pauſan. l. x. p. 623. & 642.*

L'AN DE ROME 362. AVANT JESUS-CHRIST 392.

Quelque tems avant que les Députés des Marſeillois partîſſent pour Delphes, les Senonois n'étant pas contens du païs qui leur étoit échu en partage, parce qu'il étoit montueux, ſtérile, brûlé par les ardeurs du ſoleil, trop éloigné des Alpes, & plus encore des contrées, dont ils étoient originaires, aſſemblent une armée de trente mille hommes, & vont chercher à s'établir dans des Provinces plus fertiles. *Diod. Sic. l. xiv. pag. 321. Auctor de viris illuſtrib. c. 23.*

Ils entrent dans les terres des Cau-

loniens, & les ravagent. *Diod. Sic.*
ubi supra.

Ils parcourent une grande partie
de l'Italie. *Florus. l. 1. c. 13.*

Ils se rabattent sur Clusium, & en
forment le siége. *Diod. Sic. l. xiv. p.*
321. Tit. Liv. l. v. c. 35. Plutarc. in
Camil. t. 1. p. 136. Dio. p. 919. Flo-
rus. l. 1. c. 13. Oros. l. ij. c. 19.

A Rome, un homme de rien nommé Ceditius, vient se présenter devant les Tribuns, & leur dit, que la
nuit précédente, comme il passoit
dans la ruë neuve, un peu au-delà
du temple de Vesta, il avoit entendu une voix, qui avoit quelque chose au-dessus des voix humaines, qui
lui avoit ordonné d'avertir les Magistrats, que les Gaulois approchoient. *Tit. Liv. l. v. c. 32.*

Les Clusiniens envoient demander
du secours aux Romains. Raisons
qu'ils font valoir pour l'obtenir.
Iidem auctores, nec non Appianus apud
Fulvium Ursinum. p. 349.

Les Romains députent trois Ambassadeurs vers les Gaulois ; entr'autres instructions, ils les chargent de

connoître quel peuple c'étoit que les
Gaulois, & de négocier la paix entre les Gaulois & les Clufiniens à
des conditions raifonnables. *Iidem*
auctores.

La paix étoit fort avancée ; & elle
étoit fur le point d'être concluë,
quand les Ambaffadeurs Romains en
vinrent aux injures avec les Gaulois,
& des injures aux coups, & entrerent dans Clufium. *Dio p.* 919.

Ils perfuadent aux Clufiniens de
faire une fortie fur les Gaulois, & fe
mettent à leur tête : ils furprennent
quelques Gaulois, qui étoient allés
chercher des vivres, & les tuënt.
Quintus Fabius, l'un des Ambaffadeurs, perça de fa lance un des Commandans Gaulois, auffi illuftre par fa
naiffance & fa valeur, que recomman-
dable par fa taille & fa bonne mine,
qui étoit prêt d'enlever un drapeau
aux Clufiniens. *App. apud Fulv. Urfin.*
p. 350. *Tit. Liv. l. v. c.* 36. *& alii.*

Brennus reconnoît Quintus Fabius. Outré d'une fi noire perfidie,
il prend les Dieux à témoin du vio-
lement du droit des gens commis par

les Romains, fait sonner la retraite, & leve le siége de Clusium. *Plutarc. in Camil. p.* 136.

Pendant qu'il se dispose à marcher contre les Romains, il fait deux choses également importantes, qui, en mettant le droit de son côté, lui fournissent les moïens de le soûtenir. La premiere est de députer vers le Sénat, pour demander que les Ambassadeurs, qui avoient dépoüillé le caractere, dont ils étoient revêtus, pour se revêtir de celui d'ennemis, fussent remis entre ses mains; & il choisit les plus grands & les plus beaux hommes de son armée, pour faire cette demande de sa part, afin que les Romains voïent par eux-mêmes à quelle sorte de gens ils ont à faire. La seconde consiste à envoïer des courriers de tous côtés, pour informer les Gaulois de l'outrage fait à sa personne, & à toute la nation par les Romains, & les inviter à venir en tirer raison.

Cependant le Sénat reçoit bien les Députés de Brennus, & désavouë hautement la conduite des Ambassadeurs Romains : mais n'ofant ni les condamner, ni les livre à caufe de la brigue du peuple, qui s'étoit déclaré en leur faveur, il offre une groffe fomme aux Gaulois : les Gaulois la refufent. Sur ce refus le peuple Romain, pour mettre à couvert la perfonne des Ambaffadeurs, les éleve à la dignité de Tribuns militaires. Le Sénat déclare alors aux Gaulois, que cette élection lui lie les bras, & ne lui permet pas de faire à leur nation la fatisfaction qu'elle demande : mais qu'ils pouvoient revenir l'année prochaine, que les Tribuns ne feroient plus en charge, & qu'il tâcheroit d'accommoder les chofes à l'amiable. Brennus apprenant l'élection du peuple, & la réponfe du Sénat, les regarda l'une & l'autre comme une nouvelle infulte, & marcha droit à Rome. *Appianus apud Fulvium Urfinum. p. 350.*

Les Feciaux viennent déclarer en plein Sénat, que les loix de l'équité & l'intérêt de la République, demandent que les Ambaffadeurs Romains foient livrés aux Gaulois. *Plutarc. in Camil. p. 137.*

Mais Fabius , pere des trois Ambaſſadeurs , fait tant par ſon crédit &
ſes largeſſes , que le peuple Romain
ſe jouë de la Religion , & des bon-
nes intentions du Sénat. *Tit. Liv. l.*
v. c. 36. Plutarc. ubi ſuprà. Diod. Sic.
l. xiv. p. 321.

Brennus prend le chemin de Rome avec une armée de plus de ſoi-
xante-dix mille hommes. *Diod. Sic.*
l. xiv. p. 321. ou plûtôt de quarante
mille hommes ſeulement. *Plutarc. in*
Camillo. p. 137.

Les peuples ſur les terres deſquels
paſſent les Gaulois , ſont dans l'é-
pouvante , prennent la fuite , ou ſe
cachent : mais les Gaulois les raſſû-
rent , ne font aucun dégât , & pu-
blient qu'ils vont à Rome ; que c'eſt
aux ſeuls Romains qu'ils en veulent ;
& qu'ils ſont amis de tous les autres
peuples. *Plutarc. in Camil. p. 137.*

Fauſſes meſures que les Romains
prirent dans cette occaſion. *Plutarc.*
ibid. Tit. Liv. l. v. c. 37. Diod. Sic.
l. xiv. pag. 322.

Ils vont au-devant des Gaulois
avec une armée de quarante mille

hommes, jusqu'à l'endroit où l'Allia, resserré par les montagnes de Crustumerium, se jette à quelque distance de-là dans le Tibre. *Tit. Liv. l. v. c. 37. Plutarc. in Camil. p. 137.*

Les Romains sont défaits à la bataille d'Allia. Une partie de leur armée périt dans le Tibre : une autre partie se sauve à Veïes ; un petit nombre de soldats vient à Rome. *Diod. Sic. l. xiv. p. 322. Tit. Liv. l. v. c. 38. Plutarc. in Camil. p. 137. Florus. liv. I. c. 13. Aurelius Victor. c. 23. Oros. l. ij. c. 19. Vibius Sequester de flumin.*

La bataille d'Allia fut donnée, selon Tite-Live, *l. iv. c.* 1. selon Servius, *Æneïd. vij. p. 498. A.* & selon Tacite, *Hist. l. ij. p. 56.* le quinze dès Calendes d'Août : selon Aurelius Victor, *cap.* 23. le seize des Calendes du même mois. Plutarque dit en général, que le combat d'Allia fut donné dans la pleine lune, environ le Solstice d'Eté ; *in Camil. pag.* 137. Mais tous ces Auteurs se trompent : il faut la mettre au lendemain des Ides de Juillet, non-seulement selon Verrius Flaccus cité par Aulu-Gelle, *l.*

v. c. 17. auſſi-bien que pluſieurs autres anciens, dont Macrobe fait mention, *lib.* 1. *c.* 16. mais encore ſelon Tacite même. *Annal l. xv. pag.*
254.

Denys d'Halicarnaſſe, *l.* 1. *p.* 59.
place la bataille d'Allia à la premiere
année de la quatre-vingt-dix-huitié-
me Olympiade, ſous l'Archonte
Pyrgion : c'eſt-à-dire, à la 366ᵉ. année de Rome, & par conſéquent
quatre ans après les Faſtes Capitolins, dont il s'éloigne d'une Olympiade entiere.

Si les Gaulois avoient profité de
leur victoire, & de la conſternation
des Romains ; c'étoit fait pour toûjours de Rome & de la Republique.
Plutarc. in Camil. p. 138. Raiſons
qui les empêcherent d'aller droit à
Rome. *Idem ibid. Tit. Liv. l. v. c.*
39.

La nuit du deuxiéme au troiſiéme
jour depuis la bataille d'Allia, les
Romains voïant que les Gaulois, qui
étoient ſous les murs de Rome, n'en-
troient point dans la Ville, prennent
& exécutent ſur le champ la réſolu-

tion de faire paſſer au Capitole la jeuneſſe Romaine, qui étoit en état de le défendre ; afin de ſauver les reſtes de la nation. *Iidem Autores.*

La populace Romaine ſort par bandes, va au Janicule, & ſe répand dans les campagnes & dans les villes, qui veulent bien la recevoir. *Tit. Liv. l. v. c.* 40.

Action pieuſe d'Albinius. *Tit. Liv. ibid. Val. Max. l.* 1. *c.* 1. §. 10. *Florus l.* 1. *c.* 13.

Siége du Capitole pendant le cours de l'année 362. de Rome.

Brennus à la tête des ſiens entre dans Rome le quatriéme jour depuis la bataille d'Allia. Il eſt ſurpris de trouver aux portes des maiſons qui étoient ouvertes, de vénérables vieillards revêtus de pourpre, tenant un bâton d'yvoire, & aſſis ſur des chaiſes Curules. Les Gaulois touchés de ce ſpectacle s'abſtenoient de commettre aucun déſordre ; mais outrés de l'inſolence d'un de ces vieillards nommé Papirius, qui oſa frapper ru-

dement de son bâton sur la tête un
Gaulois, qui avoit avancé la main
pour lui toucher la barbe, ils firent
main baſſe ſur tous ces vieillards.
Tit. Liv. l. v. c. 41. Plutarc. in Ca-
mil. p. 140. Val. Max. lib. iij. c. 2.
§. 7.

Les Gaulois ne coupènt la tête
d'aucun Romain, ne font aucun outrage aux cadavres, & ne font ſouf-
frir aucune peine à ceux qui prenoient la fuite, ou qui ſe cachoient.
Appian. bel. civil. iv. p. 644. C.

Ils ne mettent le feu aux quartiers de Rome que par intervalles,
& de loin en loin. *Tit. Liv. l. v. c.*
42.

La nouvelle de la priſe de Rome
ſe répand juſques dans la Grèce.
Plutarc. in Camil. p. 140.

Les Gaulois maîtres de Rome
aſſiégent le Capitole. Ils tentent de
l'emporter d'aſſaut : ils ſont repouſ-
ſés. *Tit. Liv. l. v. c. 43.*

Les Gaulois reçoivent un renfort
de Géſates. *Strab. l. v. p. 212. D.*

Ils font une mine pour ſurprendre
le Capitole. *Cic. pro Cacinâ. col. 332.*

A. Philipp. III. p. 861. Servius Æ-
neïd. VIII. p. 546. E.

C. Fabius Dorſo , jeune Romain
enfermé dans le Capitole , mais dont
le tour étoit venu d'acquitter un ſa-
crifice propre à la maiſon Fabia,
qui tomboit en ce jour , & devoit
être offert ſur le mont Quirinal dans
le Temple de Veſta , deſcend du
Capitole revêtu de la toge à la Ga-
bienne , & tenant dans ſes mains les
choſes ſacrées , traverſe le corps des
gardes des ennemis ſans changer de
viſage , ni ſe troubler , & arrive ainſi
au mont Quirinal , où il remplit
toutes les fonctions de ſon Sacerdoce , ſans ômettre aucune des céré-
monies preſcrites dans le Pontifical ,
& remonte avec la même tranquillité. *Tit. Liv. l. v. c. 46. Val. Max.*
l. I. c. I. §. 11. Dio , excerpt. Valeſ.
p. 581.

Les Romains qui s'étoient retirés
à Veïes , ſe trouvant en plus grand
nombre qu'ils n'avoient crû , &
voïant qué ce nombre s'augmentoit,
reprennent courage & forment le
deſſein de faire lever le ſiége , ou le

blocus du Capitole. Dans cette vûë ils élifent Camille pour général, & députent vers lui à Ardée pour l'informer de cette élection, & le prier de venir fe mettre à leur tête. Camille répond qu'il n'accepteroit la charge de général, qu'après que les Romains qui étoient dans le Capitoie, & qui formoient feuls le corps de la nation, auroient confirmé fon élection. *Tit. Liv. l. v. c. 46. Plutarc. in Camil.* 141. *Idem de fortuna Rom. t. ij. p.* 324.

La réponfe de Camille jette les Romains de Veïes dans l'embarras, par la difficulté qu'il y avoit de faire fçavoir aux Romains du Capitole les difpofitions & les intentions de Camille. Cependant un jeune Romain nommé Pontius Cominius, s'offre d'exécuter cette commiffion. Il prend feulement une robe un peu ample, fous laquelle il cache deux piéces de liége, & arrive près de Rome à l'entrée de la nuit. Il fe jette à la nage & traverfe le Tybre. Continuant fon chemin il gagne la porte Carmentale, où le rocher fur lequel

le

le Capitole est bâti, est le plus escarpé. Cominius grimpe sur ce rocher par l'endroit le plus désert & le plus dépoüillé, & parvient ainsi jusqu'aux premieres sentinelles. Il dit son nom ; aussi-tôt il est reçu & conduit aux Magistrats. Le Sénat s'assemble sur l'heure, & confirme l'élection de Camille. Pontius revient par le même chemin, & a le bonheur de n'être point apperçu. *Iidem autores.*

Quelques Gaulois passent par hazard près de l'endroit, par où Cominius étoit monté au Capitole ; ils apperçoivent ses traces, & en font leur rapport à Brennus. Ce Prince se transporte incontinent sur les lieux, s'assûre du fait & garde le silence. Le soir il assemble les soldats de son armée les plus dispos, & les plus experts à gravir sur les montagnes, leur fait un discours, & les détermine à surprendre le Capitole en tenant la même route que Cominius. Ces soldats exécutent le projet sur le champ. Ils arrivent à l'aide les uns des autres jusqu'au pied des murs du Capitole ; ils trompent la vigi-

L

lance des sentinelles & l'inquiétude
des chiens. Ils jettent du pain à ces
derniers pour les empêcher d'aboïer :
mais ils sont trahis par les cris d'un
petit nombre d'oïes , qu'on avoit
épargnées dans la plus extrême disette , par respect pour Junon à qui elles
étoient consacrées. Manlius s'éveil-
le , sonne l'alarme, prend ses armes ,
& court à l'endroit même de la mu-
raille , où deux Gaulois étoient à
demi montés. Un de ces Gaulois
leve sa hache , pour fendre la tête
à Manlius. Mais celui-ci le prévient ,
& lui abbat la main d'un coup de
sabre. En même tems il se tourne
vers l'autre , qui embrassoit déja les
creneaux , & lui donne si rudement
au visage avec son bouclier , qu'il
le renverse dans le précipice avec
quelques autres Gaulois qui furent
entraînés par la chûte du premier.
Ce qui restoit de Gaulois , & qui
avoit déja gagné le parapet , fut
aussi repoussé ou périt misérable-
ment , sans pouvoir se servir de ses
armes. *Tit. Liv. l. v. c.* 47. *Plutarc.*
in Camil. p. 142, 143. *Idem de for-*

*tun. Roman. t. ij. p. 325. Ælian. de
animal. l. xij. c. 33: Plinius apud Ser-
vium Æneïd. viij. p. 546.*

Le lendemain au point du jour
les Romains s'assemblent chez les
Tribuns militaires pour décerner des
récompenses ou des peines , selon
qu'on auroit mérité l'un ou l'autre,
Manlius fut comblé de caresses &
de loüanges , & chaque particulier
alla porter dans sa maison la demi-
livre de froment & le poisson de vin,
qu'on distribuoit par tête à ceux qui
défendoient le Capitole. On cite ensuite les sentinelles : toutes devoient
être condamnées à mort ; mais il
n'y eut que l'Officier qui commandoit la garde , qui le fût , & qu'on
précipita. *Plutarc. in Camil. p.* 142 ,
143.

Sur la fin de l'automne la maladie se met dans le camp des Gaulois : elle étoit causée par l'air mal
sain qu'ils respiroient dans Rome.
Cette ville étoit convertie en cime-
tiere ; d'ailleurs toutes les maisons
étant brûlées , le vent élevoit, non
de la poussiere , mais de la cendre,

qui étant fort haute, corrompoit tel-
lement l'air par fa fécherefſe & fon
acreté, lorſqu'elle étoit échauffée
par le foleil, qu'on ne refpiroit plus
qu'un poifon fubtil. La mortalité
obligea donc les Gaulois d'entaſſer
les cadavres les uns fur les autres &
de les brûler ; non pour s'épargner
la peine de les enterrer, ainſi que
quelques anciens le difent, mais par
principe de Religion. Le quartier de
Rome, où les Gaulois faifoient cette
cérémonie, retint toûjours le nom
de bûcher des Gaulois. *Tit. Liv. l.*
v. c. 48. Plutarc. in Camil. p. 143.

L'AN DE ROME 363. AVANT JESUS-CHRIST 391.

Le ravage que la maladie faifoit
dans le camp des Gaulois, ne rendoit pas la condition des Romains
plus douce. La famine qui augmentoit toûjours dans le Capitole, join-
te à l'inquiétude mortelle où ils
étoient de ne recevoir aucune nouvelle de Camille, à caufe de l'exacte
garde que faifoient les Gaulois, les
jettoit dans la derniere confterna-
tion.

Camille ne s'endort cependant pas:
il emploïe plusieurs jours à faire des
levées considérables à Ardée , qui
puissent le mettre en état d'attaquer
les Gaulois , & de les chasser de
Rome. Quand il se croit assez fort
pour le faire , il ordonne à Lucius
Valerius , qu'il avoit nommé général de la cavalerie , de faire sortir
les troupes qui étoient à Veïes , &
de les lui amener : mais c'est trop
tard.

Les Romains qui étoient dans le
Capitole , épuisés par les veilles ,
les fatigues & toutes les horreurs de
la guerre , qui se succédoient depuis
si long-tems sans relâche ; ne pouvant tenir contre la faim insuppor-
table à la nature ; après avoir attendu inutilement à tous les instans
qui s'étoient écoulés , les secours
dont Camille les avoit flattés ; per-
dant toute espérance de les voir arriver ; se voïant sans vivres ; enfin
le corps succombant sous le poids
des travaux & des veilles , qui reve-
noient tous les jours , demandent ab-
solument ou de se rendre , ou de se

racheter à quelque prix que ce soit ;
puisque les Gaulois s'étoient expli-
qués, *qu'ils leveroient le siége moïen-*
nant une somme raisonnable d'argent.
C'étoit en effet le langage que les
gardes avancées des Gaulois avoient
tenu aux gardes avancées des Romains. *Tit. Liv. l. v. c.* 38. *Plutarc.*
in Camil. p. 143.

Les Romains pour faire illusion
aux Gaulois, & leur persuader qu'ils
ont des vivres en abondance, jettent des pains dans leur camp de
plusieurs endroits du Capitole. *Ovid.*
Fast. liv. vj. Florus l. 1. c. 13. Lac-
tant. Divin. l. 1. c. 20. Val. Max.
l. vij. c. 4. Tit. Liv. l. v. c. 48.

Le Senat ordonne, non aux Tribuns militaires, comme le disent
Tite-Live & Plutarque, mais à Camille, de conclure un traité avec les
Gaulois, afin de les obliger à se retirer de Rome. *Plutarc. de fortun.*
Rom. t. ij. p. 325.

Brennus ne vouloit accorder aux
Romains que la vie ; mais sur la nouvelle que les Venétes venoient de
faire une irruption dans ses Etats, il

se désista de ses prétentions, & fit la paix avec eux aux conditions suivantes. *Polyb. l. ij. p.* 106.

1°. Que les Romains païeroient aux Gaulois deux mille livres d'or pesant. *Varro apud Nonium in* Torquem. *Plin. Hist. l. xxxj. c.* 1.

2°. Qu'il y auroit à Rome une porte de la ville, qui seroit ouverte aux Gaulois toûjours & en tout tems. *Polian. Strat. l. viij. c.* 25.

3°. Que les Romains céderoient aux Gaulois une partie de leur territoire. *Idem ibid.*

4°. Qu'ils leur fourniroient des vivres jusqu'à leur arrivée dans leur païs. *Frontin. Stratag. l. ij. c.* 6.

5°. Enfin qu'ils leur procureroient des bateaux pour repasser le Tybre. *Idem ibid.*

Les Gaulois prennent Rome d'emblée avec son territoire, à l'exception du Capitole : ensuite ils font la paix & alliance avec eux, aux conditions même qu'ils voulurent. *Polyb. l. 1. p.* 5.

Ils furent maîtres de Rome pendant sept mois entiers. *Polian. l. viij.*

c. 7. fect. 2. Ils en fortirent les Ides de Juillet. *Plutarc. in Camil. p.* 144.

Les Romains n'ont racheté des Gaulois leurs perfonnes & leur ville, qu'au poids de l'or , qu'ils ont été obligés de leur livrer. *Tit. Liv. l. xxij. c.* 59.

Les Senonois après avoir détruit Rome , écrafé en entier le peuple Romain, éteint fon nom & réduit en cendres tous les monumens fur lefquels il étoit gravé , vendent pour mille livres d'or les miférables reftes de leur capitale : non qu'ils ne fiffent quelque cas de ceux à qui ils appartenoient ; mais parce que ces reftes ne valent pas davantage , & que l'or qu'ils reçoivent doit fervir aux frais de leur retour dans le païs. *Orof. l. ij. c.* 19.

Les Etoliens reprochoient en face aux Romains , qu'ils ne devoient jamais oublier que leurs ancêtres n'avoient chaffé les Gaulois de Rome, qu'avec de l'or & non pas avec le fer. *Juftin l. xxvij. c.* 2.

Les Gaulois , difoit Mithridate, non-feulement ont vaincu Rome, mais ils l'ont prise : & ses habitans relegués au sommet d'une seule montagne, ne sont rentrés dans leur ville qu'à force d'argent, & point à force ouverte. Aussi les Gaulois sont-ils la terreur des Romains, & ils sont pour moi. *Justin. l. xxxviij. c. 4.*

L'or consacré aux Dieux , & les bijoux des Dames Romaines furent emploïés à faire les deux milles livres d'or que les Romains s'étoient obligés de donner aux Gaulois, afin qu'ils se retirassent. *Varro apud Nonium in Torquem. Tit. Liv. l. v. c. 49. Plin. hist. l. xxxiij. c. 1. Val. Max. l. v. c. 6. §. 8.*

Les Députés de Marseille revenant de Delphes , apprennent que les Gaulois ont pris & brûlé Rome. A leur retour dans le païs , ils informent leurs Magistrats de ce triste événement : ceux-ci ordonnent un deüil public , & tirent du trésor de la République & de la bourse des particuliers, de quoi parfaire la somme que les Romains étoient convenus de donner aux Gaulois pour acheter la paix. *Justin. l. XLIII. c. 5.*

L y

FAUSSETÉS

*Avancées par les Historiens Grecs
& Romains au désavantage
des Gaulois , & adoptées légérement par presque tous les Modernes , en traçant les événemens arrivés l'année de la prise
de Rome & la suivante.*

Les Gaulois partagent leurs troupes, une partie demeure dans Rome,
l'autre se répand par bandes dans la
campagne : une de ces bandes va
dans le territoire d'Ardée : Camille qui étoit en exil dans cette ville,
la surprend & la défait par le secours
des Ardéates avec la même facilité,
que les Gaulois avoient défait les
Romains à la bataille d'Allia. *Tit.
Liv. l. v. c. 45. Plutarc. in Camil. p.*
141.
L'entreprise de surprendre le Capitole aïant manqué , les Gaulois
commencerent à perdre courage.
Plutarc. in Camil. p. 143.
Brennus qui assiégeoit le Capito-

le , étoit lui-même affiégé en quelque forte, & fouffroit les incommodités qu'il faifoit fouffrir aux affiégés. *Rollin. Hift. Rom. t.* 2. *p.* 452.

Le jour même que le Sénat & le peuple affiégés dans le Capitole nommérent Camille dictateur, ce Général monta au haut du Janicule ; & après avoir confidéré la difpofition du camp des Gaulois dans Rome , il vint les attaquer au centre de la ville & les défit ; non-feulement ce même jour dans le carrefour , qui porta dès-là le nom de *bûcher des Gaulois ,* mais encore le lendemain aux environs de Gabies. *Tit. Liv. l. xxij. c.* 14.

Le Sénat ordonne aux Tribuns militaires de traiter avec les Gaulois. Sulpitius s'abouche avec Brennus , & l'on fixe à mille livres d'or péfant le prix d'un peuple qui devoit bientôt commander à tous les peuples de la terre. A cette indignité les Gaulois en ajoûterent une autre ; c'eft qu'ils portérent de fauffes balances. Le Tribun voulut s'en plaindre : pour toute réponfe Brennus dé-

tacha fon baudrier, le mit avec l'é-
pée par deffus les poids, & dit cette
parole infolente : *Malheur aux vaincus.* Sur cela les Romains & les Gaulois entrent en conteftation. Camille
furvient : il ordonne aux Romains
d'emporter leur or, & aux Gaulois
de fe retirer. Ceux-ci fe plaignent
que Camille contrevient au traité,&
prennent les armes ; mais aterrés par
la voix du Général Romain, ils fe
laiffent battre avec la même facilité
qu'ils avoient battu l'année précédente les Romains. Ils fortent de
Rome à la faveur de la nuit : Camille
qui les obferve les fuit, & les at-
teint à huit mille de Rome. Le combat recommence : il fut rude & long-
tems difputé ; à la fin les Gaulois
perdent l'équilibre, & font tous
paffés au fil de l'épée, enforte qu'il
ne refte pas un feul foldat qui puiffe
porter la nouvelle de cette défaite
en fon païs. *Tit. Liv. l. v. c.* 49. *Plutarc. in Camil. p.* 143, 144. *Florus
l.* I. *c.* 13.

Les Gaulois au fortir de Rome
attaquent Veafcium, ville alliée des

Romains. Camille vient les attaquer
eux-mêmes, en tuë un grand nombre, & fe rend maître de leur camp,
fur-tout de l'or qu'ils avoient reçû
des Romains en vertu de la capitu-
lation. *Diod. l. xiv. p.* 325.

Les habitans de la ville de Ceré
attaquent dans la Sabinie les Gaulois qui avoient pris Rome, les dé-
font, & leur enlevent l'or que les
Romains leur avoient livré volon-
tairement. *Strab. l. v. p.* 220. *Diod.
Sic. l. xiv. p.* 325.

Les Gaulois qui font dans cette
partie de l'Italie, dont la mer Ionienne baigne les côtes, prirent la fuite:
mais Camille qui les pourfuivoit,
les atteignit en deçà du mont Apennin, & les força de traverfer ces
montagnes & de fe retirer au-delà.
Appian. Annibal. p. 318.

Camille défait les Gaulois auprès
de l'Apennin, dans une plaine qui
eft encôre couverte de fépulcres. Et
voilà pourquoi on l'appelle encore
LE BUCHER DES GAULOIS. *Procop.
l. iv.*

Les Gaulois aïant défait les Ro-

mains fur les bords de l'Allia, prirent Rome & la détruifirent hors le
Capitole, pour le rachapt duquel ils
reçurent des fommes immenfes,qu'ils
emportérent dans leur païs avec les
Aigles Romaines, qui étoient tom-
bées entre leurs mains. Mais Camille
qui avoit été déclaré Dictateur tout
abfent qu'il étoit, les fuivit, les
combattit, & reprit l'or qui leur
avoit été donné, & il l'appendit dans
les temples de la ville, qui à caufe
de cela fut appellée Pifaurum. *Ser-*
vius Æneïd. l. vj. p. 462. A. B.

Drufus un des ancêtres de Tibere,
reporta de la Gaule où il avoit été
Propréteur, l'or qui avoit été donné aux Senonois, afin qu'ils levaf-
fent le fiége du Capitole; car cet or
ne leur fut pas enlevé par Camille,
ainfi qu'on l'a débité. *Sueton. in Ti-*
berio, c. 3.

Comme les Gaulois s'en retour-
noient triomphans dans leur païs,
Camille tout exilé qu'il étoit, raf-
fembla de la campagne tout ce qu'il
pût de troupes & les enveloppa:
ainfi il recouvra l'or & les Aigles

Romaines, dont les Gaulois étoient
faisis. *Sextus Rufus , in Breviario.*

CONTRADICTIONS.

Tite-Live, *lib. v. c.* 47, dit que
les Romains de Veïes auroient bien
voulu avoir Camille pour Dictateur,
mais qu'ils n'oserent rien entreprendre sans la participation du Sénat.
Au lieu que Plutarque *in Camil.* p.
141. assûre qu'ils passerent outre, &
que ce fut Camille qui refusa d'ac-
cepter la dignité qu'on lui offroit,
jusqu'à ce que le Sénat eût parlé.

Tite-Live, *l. v. c.* 46, 47, 48 &
49, met plusieurs jours d'intervale
entre celui où le Sénat déclara Camille Dictateur, & celui où ce Dictateur chassa selon lui les Gaulois
de Rome. Et le même Auteur,
l. xxij. c. 14, avance que le jour
même que le décret de l'élection de
Camille fût porté à Veïes, ce Dictateur vint aux portes de Rome,
monta sur le Janicule, descendit
dans la plaine, entra dans la capitale & en chassa les Gaulois.

Tite-Live, *lib. v. c.* 39, dit que

Camille étant survenu dans le tems
qu'on pésoit l'or, que les Romains
s'étoient obligés de donner aux Gaulois, avoit d'un côté défendu aux
Romains de livrer cet or, & de l'autre ordonné aux Gaulois de se retirer : ce qui avoit été exécuté. Néanmoins le même Historien, *lib. vj. c.*
4., assûre que Camille deux ans
après retira une si grande somme de
la vente des esclaves, qu'il fit dans
la guerre qu'il soûtint contre les
Etrusques, qu'il eut de quoi païer
aux Dames Romaines le prix des
bijoux, qu'elles avoient fourni pour
faire la quantité d'or, que le Tribun
Sulpicius remit aux Gaulois le jour
qu'ils leverent le siége du Capitole
& se retirerent.

Tite-Live & le gros des Auteurs
supposent évidemment, que Camille
n'étoit plus exilé quand il vint attaquer les Gaulois : mais quelques autres marquent le contraire, & disent
même qu'après cette expédition, ce
Général alla se confiner dans le lieu
de son exil. Tels sont, Servius *Æ-*
neïd. l. vj. p. 462. A. B. Sextus Rufus *in Breviario.*

L'AN DE ROME 363. AVANT JESUS-CHRIST 391.

Après la levée du siége du Capitole.

Les Romains aïant fait la paix avec les Gaulois, envoïerent à ces derniers quantité de préfens & de rafraîchiffemens, comme à des amis avec qui ils vouloient déformais bien vivre. Ils ne manquérent pas furtout de faire paffer chez eux beaucoup de vin. Comme les Gaulois aimoient paffionnément cette liqueur, ils en prirent un peu trop. Les Romains faifirent ce moment pour tomber fur eux les armes à la main, & les maffacrérent impitoïablement fans faire grace à pas un : cependant pour fauver la Religion du ferment qu'ils avoient fait aux Gaulois de leur laiffer toûjours ouverte une porte de la ville, ils en firent une nouvelle & la placerent fur un rocher inacceffible. *Polyan. Stratag. l. viij. c. 25.*

Les Romains en actions de grace de la retraite des Gaulois, érigerent plusieurs Temples à différens Dieux.

A celui qu'ils appellérent Aius Locutius, parce qu'il leur avoit annoncé la nouvelle de l'irruption des Gaulois, avant que la guerre fut déclarée entre les deux nations. *Tit. Liv. l. v. c.* 50. Plutarque rend les mots latins *Aius Locutius*, par ceux de *réputation & de préfage*. Ainsi d'une seule Divinité, il en fait deux. *Plutarc. de fortun. Rom. t. ij. p.* 319.

A Venus la chauve, parce que pendant le siége manquant de cordes pour bander leurs arcs, ils avoient été obligés d'en faire de cheveux de leurs femmes. *Lactant. l. 1. c.* 20.

A Jupiter *Pistor*, ou le Boulanger, en mémoire de l'avis qu'il leur avoit donné de faire des pains, & de les jetter dans le camp des Gaulois, afin qu'ils perdissent l'espérance de pouvoir les réduire par la famine. *Idem. ibid.*

A Diane d'Ephése, dont ils reçurent une statuë des Marseillois, qu'ils placerent sur le mont Aventin, en reconnoissance du zèle avec lequel ces derniers s'étoient portés d'eux-mêmes à fournir ce qui manquoit pour faire la fomme qu'ils étoient convenus de donner aux Gaulois, afin qu'ils fe retiraffent. *Strab. l. iv. p.* 180. *Juftin. l. XLIII. c. 5.*

Les Romains élevent dans le Capitole un autel en l'honneur de Jupiter Sauveur, fur lequel après la levée du fiége ils offrirent en facrifice ce qui leur reftoit de vieux cuir & de chauffures ufées, deftiné à leur nourriture pendant le fiége du Capitole. *Servius Æneïd. viij. p.* 546. E.

Ils inftituent à perpétuité une fête confacrée à porter d'un côté une Oïe dans une niche fuperbement ornée & peinte avec du Minium; & de l'autre un chien attaché en croix. L'oïe pour honorer celle qui avoit éveillé Manlius, & fauvé le Capitole: Le chien, en exécration des animaux de cette efpece, qui s'étoient endormis tandis que les Gaulois étoient prêts à furprendre le Capitole. *Plutarc. de fortun. Rom. t. ij. p.* 325. *Idem quaft. Rom. p.* 87. *Ser-*

vius ut suprà. Plin. hist. l. ix. c.
22.

Les Romains trouvent fous un grand monceau de cendres le *Lituus* ou bâton augural , qui avoit fervi à Romulus. Il avoit été jufques là en dépôt dans le temple ou chapelle de Mars , qui aïant été confumée par les flammes durant le fiége , donna lieu de tranfporter le Lituus au Capitole , d'où il fut défendu de le tirer à l'avenir. *Plutarc. in Romulo p.* 31. *Val. Max. l.* 1. *c.* 8. §. 11.

Le Collége des Pontifes déclare par l'autorité du Sénat, qu'à l'avenir le jour anniverfaire de la bataille d'Allia feroit funefte & de mauvais augure , & qu'il ne feroit plus permis de donner bataille , ni d'affembler les Comices à pareil jour. *Tit. Liv. l. vj. c.* 1.

C. Marcius , Tribun du peuple , appelle en jugement Q. Fabius , qui avoit violé le droit des gens , foüillé le caractére d'Ambaffadeur, dont il avoit été revêtu , & jetté la République dans le plus grand de tous les périls. Fabius meurt tout à coup ,

& si à propos , qu'on soupçonne qu'il s'est donné lui-même la mort. *Idem ibid.*

Les Gaulois qui avoient pris Rome , après avoir chassé les Ve-nétes de leur païs , ne pouvant se résoudre de demeurer chez eux les bras croisés , députent vers Denys l'ancien , tyran de Syracuse., pour lui proposer leur alliance. Ce Prince reçoit fort bien les Députés , & ac-cepte des offres si avantageuses ; par-ce que les Gaulois , par leur posi-tion , pouvoient attaquer les enne-mis par derriere , tandis qu'il les at-taqueroit pardevant. *Justin. lib. xx. c. 5.*

L'AN DE ROME 365. AVANT JESUS-CHRIST 389.

De la vente du grand nombre de captifs que Camille fait à Sutrium, on retire de quoi païer aux Dames Romaines le prix des bijoux, qu'el-les avoient livrés pour donner, aux Gaulois quand ils levérent le siége du Capitole. *Tit. Liv. lib. vj. c. 4.*

Cette année Titus Quintius Cin-

cinnatus, nommé Duumvir pour les choses sacrées , fit la dédicace du Temple de Mars, que les Romains s'étoient obligés d'ériger en l'honneur de ce Dieu pendant le cours de la guerre qu'ils avoient avec les Gaulois. *Tit. Liv. l. vj. cap. 5.*

L'AN DE ROME 369. AVANT JESUS-CHRIST 385.

M. Manlius, qui pour avoir empêché les Gaulois de surprendre le Capitole , avoit acquis le glorieux nom de Capitolin , est condamné à mort comme séditieux , & aspirant à la Roïauté , & sur le champ précipité du mont Tarpeïen. *Tit. Liv. l. vj. c. 20. Plutarc. in Camil. p. 148. Dio apud Valesium p. 582. Val. Max. l. vj. c. 3. Aulus Gel. l. xvij. c. 2. Quadrigarius ibid.*

L'AN DE ROME 375. AVANT JESUS-CHRIST 379.

Erreurs des Historiens Grecs & Romains.

Plutarque dans la vie de Camille

pag. 150, fait une longue descrip-
tion de la derniere bataille que ce
grand Général gagna, selon lui, à
l'âge de près de quatre-vingt ans
contre les Gaulois, la treiziéme année depuis la prise de Rome. Da-
cier, le P. Catrou & plusieurs autres modernes croient, qu'il y a faute dans le texte de Plutarque, &
qu'au lieu de *treiziéme année*, il faut
lire *la vingt-troisiéme:* mais ils se trompent, car Polyæn *l. 8. c. 7.* place l'é-
vénement fabuleux dont il s'agit à la
treiziéme année après le sac de Rome.
Quadrigarius cité par Tite-Live le
portoit à l'année 386 ; mais Tite-
Live *lib. 6. c. 42.* soûtient qu'*il faut
le porter au moins dix ans plus bas.* Cependant ce même Historien la fixe
à l'année 392 de Rome, qui n'est
que la sixiéme des dix qu'il vient de
marquer. Tant il est vrai que le men-
songe n'est jamais d'accord avec lui-
même. Les Gaulois depuis leur sortie volontaire de Rome, ne sont re-
venus sur son territoire que trente
ans après ; parce que durant tout ce
tems-là ils eurent des guerres civi-

les & étrangeres à soûtenir. Mais les
trente ans écoulés, ils revinrent &
se répandirent dans les plaines & sur
les hauteurs d'Albe, qu'ils ravagé-
rent à leur gré, sans que les Romains
osassent y mettre obstacles, ni sortir de l'enceinte de leurs murs. *Polyb. l. ij. p. 106.*

L'AN DE ROME 385. AVANT JESUS-CHRIST 369.

Denys Tyran de Syracuse, allié
des Lacédémoniens, envoïe au secours de ces derniers vingt galeres
chargées de cinq mille hommes de
pied, & de cinq-cens chevaux tant
Gaulois qu'Espagnols. Ces troupes
arrivent à Corinthe assiégée alors
par les Béotiens, & forcent ces derniers à lever le siége. *Xenoph. l. viij.
p. 617. Diod. Sic. l. xv. p. 381.*

L'AN DE ROME 386. AVANT JESUS-CHRIST 368.

Second renfort composé de seuls
Gaulois envoïé l'année suivante aux
Lacédémoniens, par Denys, sous la
conduite de Cissidas. Il aborde dans

un

un port de la Laconie, & joint l'armée des Lacédémoniens comman-
dée par Archidame. Les armées
combinées forment ensemble & suc-
cessivement le siége de Caryes & de
Parrhasie : elles emportent la premiere, & manquent l'autre. Cissidas
se retire avec ses gens, & prend le
chemin de la mer pour se rembar-
quer. Mais il enfile un chemin dont
les Messeniens s'étoient rendu maîtres. Archidame accourt à son secours & le dégage. Cissidas & Archidame marchent ensemble, & peu
de jours après ils gagnent la fameuse
bataille, que les anciens ont appellée
LA JOURNÉE SANS LARMES. *Xe-
noph. l. vij. p.* 619. *& seq. Diod. l.
xv. p.* 383. *Plutarc. Agesil. p.* 614.

Les Gaulois d'Italie sont déchirés par des guerres intestines, qui
se succédent les unes aux autres. *Polyb. l. ij. p.* 106.

Les barbares qui habitoient les
Alpes, sont jaloux des conquêtes que
les Gaulois avoient faites en Italie, &
leur font la guerre. *Polyb. ibid.*

M

Fauſſetés avancées par les Hiſto-
riens Grecs & Latins.

» Sur le bruit que les Gaulois ap-
» prochoient, dit Tite-Live, tout
» Rome fut dans la conſternation.
» Le Sénat l'en tira en créant Ca-
» mille Dictateur pour la cinquiéme
» fois. L'Hiſtorien Claudius, ajoû-
» te-t'il, écrit, que les Romains en
» vinrent aux mains cette année avec
» les Gaulois le long de l'Anio, &
» que c'eſt alors que T. Manlius ac-
» quit tant de gloire ſur le pont de
» cette riviere, en tuant à la vûë des
» deux armées un Gaulois, qui avoit
» défié les Romains, & en lui ôtant
» ſon collier. Mais, continuë-t'il,
» j'embraſſe volontiers le ſentiment
» de pluſieurs autres Ecrivains, qui
» portent cet événement à dix ans
» au moins plus tard. Ce qui eſt cer-
» tain, c'eſt que les Gaulois firent
» cette année une irruption dans le
» territoire d'Albe. » Et tout de
ſuite notre Hiſtorien fabrique une
deſcription à ſon gré d'une ſanglan-

te bataille , qu'il fait remporter au
Dictateur Camille , fans qu'il en
coûte aux Romains que la peine de
lever les bras, de tuer plufieurs mil-
liers de Gaulois , d'en faire un pareil nombre de prifonniers , de fe
rendre maîtres de leur camp , & de
contraindre ceux qui ne vouloient
pas tomber entre leurs mains à s'en-
fuir dans la Poüille , pour y chercher leur falut ; ce qui mérita les
honneurs du triomphe à Camille.
Tit. Liv. l. vj. c. 42. *Appian. bel.*
Gal. p. 754. *Orof. lib. iij. c.* 6.

L'autorité de Polybe , qui eft an-
térieur au tems , où les Romains
commencérent à altérer l'hiftoire ,
pour avoir lieu de s'attribuer des
victoires & des triomphes imaginaires , détruiroit le Roman de Tite-
Live , fi les contradictions que j'ai
remarquées fur l'an 375. & celles
qu'on peut obferver fur cette année ,
n'en découvroient clairement le
phantôme. Mais rien n'établit mieux
l'ignorance de Tite-Live, que ce qu'il
imagine pour couvrir les Gaulois
d'une plus grande confufion ; fça-

voir , qu'ils fe retirerent dans la
Poüille , fuppofant que cette Province étoit étrangere à leur égard ;
tandis qu'il eft certain que c'eft de
ces quartiers qu'ils partirent, quand
ils vinrent former le fiége de Clufium & de Rome.

L'AN DE ROME 387. AVANT JESUS-CHRIST 367.

Au commencement de cette année le Sénat mit en délibération les
mefures qu'il falloit prendre contre
les Gaulois , fur le bruit qui s'étoit
répandu qu'ils s'attroupoient dans la
Poüille , après s'être répandus dans
la campagne. *Tit. Liv. lib. vij. c. 1.*

OBSERVATION.

Ce récit eft faux , comme je l'ai
déja démontré. Ce n'eft pas tout :
les Romains, que Tite-Live repré-
fente cette année en garde contre les
furprifes des Gaulois , feront dans
cinq ans les plus mal avifés , & les
plus lâches de tous les hommes.

L'an de Rome 392. Avant Jesus-Christ 362.

Trente ans après la priſe de Rome, les Gaulois vinrent juſqu'à Albe avec de grandes forces. Les Romains ſurpris & n'aïant eu le tems ni d'aſſembler leurs alliés, ni de rompre les meſures de leurs ennemis, n'oſerent ſe préſenter devant eux. *Polyb. l. ij. p.* 106.

Atepomare Roi des Gaulois mettant tout à feu & à ſang aux environs de Rome, déclara qu'il ne ſe retireroit qu'après que les Romains auroient livré leurs femmes aux Gaulois. Les Romains inſpirés par une de leurs eſclaves, ne leur envoïérent que des eſclaves, à la place de leurs femmes. Les Gaulois n'eurent pas plutôt ſatisfait leur paſſion, qu'ils furent accablés de laſſitude & de ſommeil. Retane, qui étoit celle qui avoit ſuggéré un ſi bon avis aux Romains, eſcalada alors les murs de Rome à l'aide d'un figuier ſauvage, & vint annoncer aux Conſuls l'état, dans lequel elle avoit laiſſé les Gau-

M iij

lois. Sur son rapport les Romains font une sortie, & reviennent vainqueurs. *Apud Plutarc. t. ij. p. 313. A.*

Faussetés avancées par les Historiens Grecs & Romains.

Les Gaulois viennent par la voie Salarienne jusqu'à trois milles de Rome. Les Romains élisent Q. Pennus Dictateur ; celui-ci va avec les jeunes citoïens de Rome se poster vis-à-vis des ennemis. Les deux camps n'étoient séparés que par l'Anio , sur le pont duquel un jeune & vaillant Gaulois s'avança & défia le plus brave des Romains de se battre avec lui. Titus Manlius se présente , combat le Gaulois, le tuë , détache le collier que le Gaulois portoit, & se le met lui-même tout sanglant à son col : ce qui lui mérite le surnom de Torquatus. Le succès de ce combat intimide les Gaulois, & les oblige de se retirer en cachette pendant la nuit. *Tit. Liv. lib. vij. c.* 10. *Florus lib. i. c.* 13. *Orosius lib. iii. c.* 6. *Cic. de Officiis lib. iij. Aulus Gel. l. ix. c.* 13.

OBSERVATIONS.

1°. Polybe, dont je rapporterai plus bas les paroles, fait foi que ce récit est également faux dans le fond, & dans toutes ses circonstances, principalement l'épisode du combat de Manlius : aussi Plutarque n'a eu garde de l'adopter. Cet Historien même ne convient pas avec Tite-Live touchant ce qu'il a pris de lui : car outre qu'il rapporte cette guerre à des tems bien antérieurs, & donne aux Romains un Dictateur différent de celui dont parle Tite-Live ; il assigne à cette guerre un tout autre succès que l'Ecrivain Romain.

2°. Aurelius Victor met le combat de Manlius Torquatus deux ans plus bas, sous la Dictature de Sulpitius. *De vir. illust. c.* 28.

3°. Dès que Tite-Live fait venir les Gaulois de la Poüille, & qu'il les fait approcher d'Albe, ce n'est point la voie Salarienne qu'il doit leur faire tenir : la voie Valeriénne est la seule qui pouvoit les conduire dans le Latium.

M iiij

L'an de Rome 393. Avant
Jesus-Christ 361.

Fauſſetés avancées par les Hiſto-
riens Grecs & Latins.

Les Romains déclarent la guerre
aux Tiburtiens, pour les punir de
l'alliance qu'ils avoient faite l'année
précédente avec les Gaulois. Ceux-
ci viennent de la Campanie, où ils
s'étoient retirés, au ſecours de leurs
alliés, & mettent tout à feu & à ſang
dans le territoire de Lavic, de Tuſ-
culum & d'Albe. Ils s'approchent
de Rome. Q. Servilius Ahala Dictateur ſort pour les combattre; &
fait vœu, s'il eſt victorieux, de célébrer les grands Jeux. Le combat
ſe donne près de la porte Colline.
Il y a bien du ſang répandu de part
& d'autre; à la fin les Gaulois lâ-
cherent le pied, & ſe retirerent en
déſordre vers Tibur. Le Conful Pe-
telius, qui étoit dans ces quartiers,
tomba ſur les fuïards, & repouſſa les
Tiburtiens, qui vouloient favoriſer
leur retraite; ce qui lui fit accorder

les honneurs du triomphe. *Tit. Liv.*
l. vij. c. 11.

L'AN DE ROME 395. AVANT JESUS-CHRIST 359.

Fauſſetés avancées par les Hiſto-
riens Grecs & Latins.

Les Boïens après avoir bruſqué
Préneſte, s'avancent juſqu'à Pedum.
Les Romains éliſent un Dictateur ;
le choix tombe ſur C. Sulpitius : celui-ci traîne la guerre en longueur.
Les ſoldats ſont choqués de cette
conduite, & ſont prêts à ſe révol-
ter. Un accident fait ſentir au Dictateur qu'il y a du danger à différer
le combat. Il le fixe au lendemain :
il met en uſage deux ſtratagêmes qui
lui aſſûrent la victoire. Ainſi les
Gaulois furent battus à plate cou-
ture. *Tit. Liv. l. vij. c. 12. & ſeq.*
Appian. Bel. Gal. p. 754. Eutrop. l.
ij. Oroſ. l. iij. c. 6.

L'AN DE ROME 403. AVANT JESUS-CHRIST 351.

Les Gaulois, ceux ſans doute qui

étoient répandus dans la Campanie, entrent dans le Latium. C.
Popillius va au - devant pour les
combattre. Les Gaulois l'assiégent
dans son camp. Le Consul ne voïant
aucun jour de pouvoir se dégager,
& se tirer d'affaire, capitule avec
les Commandans des Gaulois, qui
lui permettent de se retirer moïen-
nant tout l'équipage de l'armée : ce
qui fut exécuté. Dans la suite aïant
été appellé en justice, & accusé d'a-
voir trahi la gloire des Romains, il
répondit, qu'aïant à perdre ou l'armée ou les bagages, il avoit préféré
une moindre perte à une plus considérable. *Auctor. Rhet. ad Herennium.*
l. 1. c. 33.

Faussetés avancées par les Histo-
riens Grecs & Latins.

Après une autorité si expresse &
si circonstanciée, appuïée d'ailleurs
sur celle de Polybe, que j'ai déja
annoncée, & que je rapporterai bien-
tôt, qui se seroit attendu que Popillius dût passer pour avoir vaincu &
triomphé des Gaulois, dans l'occa-

fion même, où lui & toute fon armée a été à la merci des Gaulois, &
où ils ont bien voulu ne lui faire d'autre mal, que celui de le dévalifer
avec les troupes qu'il commandoit ?
C'eft pourtant ce qui n'eft que trop
vrai : voici en deux mots la tournu-
re que les Auteurs de l'Hiftoire Romaine donnent à cet endroit de leurs
faftes.

Popillius étant en préfence des
Gaulois, s'étudia à connoître à fond
leurs forces, & leur maniere de combattre. Il affit fon camp fur une émi-
nence, s'y fortifia, & s'y tint toûjours couvert. Les Gaulois, qui ne
demandoient qu'à en venir aux mains,
prirent le refus qu'il faifoit de defcen-
dre dans la plaine, pour une véritable crainte. Sur cette idée, ils vinrent l'attaquer jufques dans fes re-
tranchemens. Comme tout favori-
foit la valeur des Romains, jufqu'au
pofte qu'ils avoient choifi, ils défi-
rent les Gaulois à plufieurs reprifes,
les mirent en fuite, les pourfuivirent
un peu au-delà de leur camp, & le
pillerent. Ainfi Popillius ramena fon

armée victorieuse à Rome, où il reçut les honneurs du triomphe, après qu'il eut été guéri d'une blessure qu'il avoit reçuë. *Tit. Liv. lib. vij. c. 23. & 24. Appian. bell. Gal. p. 754. D.*

L'AN DE ROME 404. AVANT JESUS-CHRIST 350.

Au printems les Gaulois quittent les montagnes d'Albe ; pour se refaire de la disette & du froid qu'ils y ont souffert, ils se débordent dans la campagne jusqu'à la mer, & mettent tout à contribution. Des Pirates de Grèce surviennent pour butiner. Les Gaulois les combattent ; la bataille est sanglante : perte égale des deux côtés. Les deux armées se retirent sans qu'aucune s'attribuë la victoire, ni s'avouë battuë. L'avantage cependant paroît avoir été du côté des Gaulois, puisque les Grecs se rembarquerent ; au lieu que les premiers étant maîtres de la campagne, continuerent à la ravager. *Tit. Liv. l. vij. c. 25.*

Fauffetés avancées par les Auteurs de l'Hiftoire Romaine.

Les Romains, voulant arrêter les progrès des Gaulois, chargent le Conful Claudius de marcher contre eux. Ce Magiftrat meurt en faifant les préparatifs. La conduite de cette guerre tombe en conféquence fur Camille fon Collegue. Celui-ci mene fon armée du côté du Pomptin, & ne veut pas hazarder la bataille. Un Gaulois remarquable par fa taille & fes armes, s'avance au milieu des deux armées, frappe de fa lance fur fon bouclier ; & fe fervant d'un trûchement, il défie quelque Romain que ce foit de fe battre avec lui. Valere fe préfente. Le combat commence : tout à coup un corbeau fe perche fur le cafque de Valere : d'où s'élevant en l'air, & s'élançant avec impétuofité fur le vifage du Gaulois, il lui donne tant de coups de bec & de griffes dans les yeux, qu'il les lui créve, & lui trouble l'efprit. Valere alors tuë le Gaulois, & veut prendre fes dé-

poüilles : les Gaulois volent tauffi-
tôt pour l'en empêcher. Incontinent
le combat s'engage entre les deux
armées, & devient une action générale. Les Gaulois font mis en fuite,
& obligés de fe retirer dans le païs
des Volfques, d'où ils paffent dans
la Poüille, & fur les côtes de la mer
Hadriatique. *Tit. Liv. lib. vij. c.* 25.
& 26. Appian. Celt. p. 754. *Aurel.*
Victor. c. 29. *Eutrop. l. ij. Orof. l. iij.*
c. 6. Florus. l. 1. *c.* 13.

OBSERVATIONS.

Ce n'eft fûrement que l'année fui-
vante, au rapport de Polybe, que
les Romains oferent pour la premiere fois, depuis la bataille d'Allia,
faire front aux Gaulois ; & ce qui
établit cette vérité d'une maniere
inconteftable, c'eft que Frontrin,
Stratag. l. ij. c. 6. fait foi que le Sénat aïant été informé de l'irruption
des Gaulois dans le Pomptin, dé-
fendit aux fujets de la République de
s'oppofer à leur retraite, quand il
leur plairoit de la faire. Ce qui fit
donner le nom de *voïe Gauloife* au

chemin que les Gaulois tinrent en
s'en retournant. Tite-Live lui-même, tout déterminé qu'il est à hazarder les menfonges les plus groffiers,
infinuë la même vérité par les pré-
cautions qu'il fait prendre aux Romains d'éviter le combat. Ainfi il
faut défalquer des Faftes de Rome,
la victoire que l'Hiftorien Romain
fait remporter cette année à ceux de
fa nation fur nos ancêtres. Il eft vrai
qu'il a cru pouvoir la faire paffer à
la faveur d'une fable où les Dieux
font mêlés. Mais dès-là il s'eft dès-
honoré lui-même avec tous les Romains de ces tems-là : lui-même,
en forgeant un conte, qui eft au-
deffus de la vraifemblance, & heur-
te la raifon : avec les Romains de
ces tems-là, en découvrant une anec-
dote qu'on n'auroit jamais fçuë fans
lui ; bien que Polybe ait pris foin de
la marquer en plufieurs endroits ;
fçavoir, que les Gaulois avoient
alors fur les Romains un tel afcen-
dant, que ces derniers n'auroient jamais ofé fe mefurer avec les premiers, fi les Dieux ne s'étoient déclarés ouvertement pour eux.

L'AN DE ROME 405. AVANT JESUS-CHRIST 349.

Les Gaulois, douze ans après leur expédition dans le territoire d'Albe, vinrent avec une armée nombreuse attaquer les Romains. Ceux-ci aïant eu avis de leur marche, assemblerent leurs troupes, & celles de leurs alliés, & allerent au-devant de l'ennemi, résolus de tout risquer, & brûlant d'en venir aux mains. Cette fermeté étonna les Gaulois, & produisit dans l'esprit des Commandans partage de sentimens : ce qui fit que la nuit venuë ils firent une retraite, qui avoit tout l'air d'une fuite.

L'AN DE ROME 412. AVANT JESUS-CHRIST 342.

Les Gaulois entrent au service des Carthaginois pour la deuxiéme fois. *Diod. Sic. l. xvj. p. 466.*

Succès de la guerre entreprise par les Carthaginois. *Plutarc. Timol. p. 248.*

L'an de Rome 415. Avant Jesus-Chrit 329.

A la fin de la guerre que les Romains soûtinrent contre les Latins, ils confisquent à leur profit une partie des terres des Tiburtins, non-seulement à cause de leur confédération avec les peuples du Latium, mais encore en punition d'une alliance qu'ils avoient faite quelque vingt ans auparavant avec les Gaulois. *Tit. Liv. l. viij. c.* 14.

L'an de Rome 418. Avant Jesus-Christ 336.

Les Gaulois furent tranquilles pendant treize ans à l'égard des Romains. Après quoi les voïant croître en puissance & en crédit, ils firent la paix avec eux, & conclurent un traité d'alliance, auquel ils ne donnerent aucune atteinte pendant trente ans. *Polyb. l. ij. p.* 107.

OBSERVATION.

Cette paix, cette alliance des deux premiers peuples de l'Occident, étoit un trait historique assez impor-

tant, pour mériter l'attention de Tite-Live. D'où vient donc qu'il n'en
fait pas mention ?

L'AN DE ROME 419. AVANT JESUS-CHRIST 335.

Rome joüiſſoit d'une aſſez grande tranquillité, quand je ne ſçai
quel bruit qui ſe répandit, que les
Gaulois armoient, jetta autant de
trouble dans l'eſprit de ſes habitans,
que ſi la guerre avoit été déclarée ;
car on créa un Dictateur, qui fut M.
Papirius Craſſus. Celui-ci nomma
P. Valerius Poplicola Général de la
Cavalerie. *L'un & l'autre apporta bien
plus de ſoin à faire des levées de troupes,
que ſi l'on eut eu à faire à d'autres ennemis.* On en étoit-là, quand les eſpions,
qu'on avoit envoïés ſur les lieux,
rapporterent que les Gaulois ne ſon-
geoient pas à remuer. *Tit. Liv. lib.
viij. c. 17.*

Alexandre arrive aux bords du
Danube, le plus grand fleuve de
l'Europe. Comme ſon cours eſt fort
long, il arroſe les terres de quantité
de nations belliqueuſes, dont la plûpart ont une origine Celtique : &

c'eſt chez ces derniers qu'il a ſa ſource. *Arrian. Expedit. Alex. p. 3.*

Alexandre campant ſur les rives
du Danube, reçut les Députés, tant
de quelques peuples, qui habitoient
le long de ce fleuve, que ceux de
Sirmus Roi des Triballes, & ceux
des Celtes, qui ſont ſur les côtes de
la mer d'Ionie. Ces derniers ſont
tous de grands hommes, & penſent
d'eux-mêmes fort avantageuſement.
Ces Députés demandoient tous au
nom des peuples qu'ils repréſen-
toient, de faire alliance avec Alexandre. Ce Prince y conſentit, après
quoi s'adreſſant aux Celtes, Quelle
eſt la choſe du monde, dit-il, que
que votre nation craint le plus ? Il ſe
flattoit que l'éclat de ſon nom aïant
pénétré juſques dans leur païs, &
au-delà, ils répondroient incontinent
que c'étoit ſon bras. Mais les Députés faiſant attention non-ſeulement
que leurs terres étoient à une grande diſtance de la Macédoine, & d'un
abord difficile ; mais encore qu'Alexandre rouloit en tête une autre expédition, dirent que TOUTE LEUR
CRAINTE ÉTOIT QUE LE CIEL NE

VINT A TOMBER. Cette fiere réponſe n'empêcha pas Alexandre de les traiter d'amis & d'alliés : mais après leur départ, il dit que les Celtes étoient un peu fanfarons. *Arian. l. 1. p. 5. Edit. Pariſi. an. 1575.*

Strabon, *l. vij. p. 303. A.* rapportant la réponſe des Celtes, dit qu'ils ajoûterent ; qu'au reſte ils faiſoient grand cas de l'alliance d'un Prince tel que lui.

L'AN DE ROME 424. AVANT JESUS-CHRIST 330.

Les Romains n'étoient pas encore ſortis des embarras, où les avoit jettés la guerre, qu'ils avoient avec les Volſces de Priverne, quand l'affreuſe nouvelle ſe répandit, que les Gaulois étoient en armes. Le Sénat, ſelon la maxime obſervée de tout tems, n'eut garde de la négliger. Ainſi il ordonna ſur le champ aux nouveaux Conſuls L. Æmilius Mamercinus, & C. Plantius, le jour même de leur inauguration, qui étoit celui des Calendes de Juillet, de tirer au ſort les Provinces : & comme la guerre qu'il falloit ſoûtenir contre les Gaulois, étoit du lot de Mamercinus, il fut chargé en particulier d'affembler une armée toute affaire ceffante. Perfonne ne fut exempt d'aller à la guerre. On enrôla jufqu'aux manœuvres, & aux ouvriers les moins propres à manier les armes. Outre cette armée, qui ne devoit pas s'éloigner de Rome, de peur que l'ennemi cachant fa marche, ne la prît au dépourvû, il y eut ordre d'en former une autre confidérable à Veïes, qui devoit aller au-devant des Gaulois. Mais peu de jours après ces arrangemens pris, on fut informé que les Gaulois n'avoient aucune expédition en tête : Ainfi les Romains tournerent toutes leurs forces contre les habitans de Priverne. *Tit. Liv. l. viij. c.* 20.

L'AN DE ROME 430. AVANT JESUS-CHRIST 324.

La premiere année de la cent quatorziéme Olympiade, Alexandre reçut des Députés de la plûpart des peuples du monde connu. Ils étoient chargés, les uns de le féliciter fur fes grands fuccès, d'autres de lui offrir des couronnes, quelques autres de faire alliance avec lui, d'autres encore de lui remettre ce qu'ils avoient de plus précieux, d'autres enfin d'effacer les mauvaises impreſſions que ce Prince avoit conçuës contre eux.... Entr'autres peuples de l'Europe, dont on voïoit les Députés, on comptoit les Illyriens, les Thraces mêmes, auſſi bien que les Galates leurs voiſins, dont le nom fut alors connu des Grecs pour la premiere fois. *Diod. Sic. l. xvij. p. 579.*

Alexandre retournant à Babylone des extrémités de l'Océan, apprend que les Députés des Carthaginois, & des autres peuples de l'Afrique, d'Eſpagne même, de Sicile, de la Gaule, de Sardaigne, auſſi bien que de quelques Cités d'Italie, l'attendoient dans cette ville. *Juſtin. l. xij. c. 13. Oroſ. l. iij. c. 20.*

OBSERVATIONS.

Quoique les Galates, dont parle Diodore de Sicile, ſoient originairement de la même nation, que les habitans de la Gaule dont Juſtin & & Oroſe font mention ; ils étoient à une très-grande diſtance les uns des

autres. Les premiers étoient dans le
Nord, & fans doute dans l'Illyrie;
les autres en Occident, & vraifemblablement dans la grande Grèce;
car je ne fçaurois me perfuader, que
les Gaulois dont il s'agit, fûffent des
Gaules proprement dites.

Les raifons fur lefquelles je me
fonde font, 1°. Que les Gaulois de
nos Gaules n'étoient pas gens à re-
douter une puiffance auffi éloignée,
que celle d'Alexandre : moins encore à prendre part à ce qui fe paffoit
en Orient, & fuivre l'exemple de
ceux, qui couroient au-devant de
leurs fers.

2°. C'eft que de tous les Gaulois
d'Occident, il n'y avoit proprement
que ceux qui étoient établis dans la
grande Grèce, qui pûffent être informés des victoires d'Alexandre,
par le commerce qu'ils étoient obligés d'avoir avec les Grecs, au milieu defquels ils vivoient. Or ces
Grecs étoient parfaitement bien in-
ftruits par leurs Métropoles, des vic-
toirés rapides du Roi de Macédoine; & fe moulant fur elles touchant
les honneurs, qu'elles rendoient à ce

Héros, ils entraînerent les Gaulois dont ils étoient environnés, & les porterent à lui envoïer des Députés avec les leurs, c'est-à-dire, en la compagnie des Députés des Cités d'Italie & de Sicile, dont Orose & Justin font mention.

3°. Une derniere observation importante qu'il y a à faire, c'est ce que marque Diodore de Sicile, que la députation que les Galates envoïerent à Alexandre l'année même de sa mort, les fit connoître aux Grecs pour la premiere fois. La proposition est fausse pour plusieurs raisons que j'ai exposées au commencement de mes Eclaircissemens. On peut les consulter; & l'on se convaincra que Diodore de Sicile, aussi-bien que la plûpart des anciens, n'ont gueres connu ni les Galates, ni les Gaulois, & qu'ils n'ont souvent parlé des uns & des autres, que pour défigurer leur histoire.

F I N.

TABLE

DES MATIERES.

A.

N

N ij

B.

C.

N iij

classe de la nation, 60. 66. 80. Dans leur
origine, ils habitoient les bois & les forêts, 69. 70. Rendoient un culte particulier à Mercure, 62. Prenoient quelquefois les armes, 72. Enseignoient ouvertement l'immortalité de l'ame, 76. ont passé pour avoir crû la métempsycose, 77.
ont eu Pythagore pour disciple, 15. Dans
les tems postérieurs ils n'habitoient plus
les forêts, 69. 70. 134. sont chassés de Rome,   69.

E.

N v

F.

G.

N vj

H.

N.

O.

P.

R.

T.

V.

Fin de la Table des Matieres.

De l'Imprimerie de MOREAU.

APPROBATION.

APPROBATION.

J'AI lû, par ordre de Monseigneur le Chancelier, un Manuscrit intitulé : *Eclaircissemens historiques sur la plûpart des Origines Celtiques & Gauloises*, &c. Je n'y ai rien trouvé qui doive en empêcher l'impression. Fait à Paris, le 7 Mai 1744.

Signé, FOUCHER.

PRIVILEGE DU ROY.

LOUIS, par la grace de Dieu, Roi de France & de Navarre : A nos amez & feaux Conseillers, les Gens tenans nos Cours de Parlement, Maîtres des Requétes ordinaires de notre Hôtel, Grand-Conseil, Prevôt de Paris, Baillifs, Sénéchaux, leurs Lieutenans Civils, & autres nos Justiciers qu'il appartiendra ; SALUT. Notre bien amé Dom JACQUES MARTIN, Religieux Bénédictin, Nous a fait exposer qu'il désireroit faire imprimer & donner au Public un Ouvrage de sa composition, qui a pour titre : *Eclaircissemens historiques sur la plûpart des Origines Celtiques & Gauloises*, &c. s'il Nous plaisoit lui accorder nos Lettres de Permission pour ce necessaires. A ces causes, voulant favorablement traiter l'Exposant, Nous lui avons permis & permettons par ces Presentes, de faire imprimer ledit Ouvrage en un ou plusieurs volumes, &

O

autant de fois que bon lui femblera, & de les vendre, & de les faire vendre & débiter par tout notre Royaume, pendant le tems de trois années confecutives, à compter du jour de la date defdites Préfentes. Faifons defenfes à toutes perfonnes, de quelque qualité & condition qu'elles foient, & à tous Libraires & Imprimeurs, d'en introduire d'impreffion étrangére dans aucun lieu de notre obéiffante; à la charge que cefdites Préfentes feront enregiftrées tout au long fur le Regiftre de la Communauté des Libraires & Imprimeurs de Paris, dans trois mois de la date d'icelles; que l'impreffion dudit Ouvrage fera faite dans notre Royaume, & non ailleurs, en bon papier & beaux caracteres, conformémem à la feuille imprimée & attachée pour modéle fous le contre-fcel defdites Préfentes; que l'Impétrant fe conformera en tout aux Reglemens de la Librairie, & notamment à celui du 10 Avril 1725; qu'avant de les expofer en vente, le Manufcrit qui aura fervi de copie à l'impreffion dudit Ouvrage, fera remis dans le méme état où l'Approbation y aura été donnée, ès mains de notre très-cher & féal Chevalier le Sieur Dagueffeau Chancelier de France, Commandeur de nos Ordres; & qu'il en fera enfuite remis deux Exemplaires dans notre Bibliotheque publique, un dans celle de notre Château du Louvre, & un dans celle de notredit très-cher & féal Chevalier le Sieur Dagueffeau, Chancelier de France; le tour à peine de nullité des Préfentes. Du contenu defquelles vous mandons & enjoignons de faire jouïr ledit Exposant, & ses ayans causes, pleinement & paisiblement, sans souffrir qu'il leur soit fait aucun trouble ou empê- chement. Voulons qu'à la copie desdites Présentes, qui sera imprimée tout au long au commencement ou à la fin dudit Ouvra- ge, foi soit ajoutée comme à l'original. Commandons au premier notre Huissier ou Sergent sur ce requis, de faire, pour l'exé- cution d'icelles, tous Actes requis & neces- saires, sans demander autre permission, & nonobstant clameur de Haro, Chartre Nor- mande, & Lettres à ce contraires : CAR tel est notre plaisir. DONNÉ à Paris, le premier jour du mois d'Août, l'an de grace mil sept cent quarante quatre, & de notre Regne le vingt-neuviéme. Par le Roi en son Conseil. SAINSON.

Régistré sur le Registre XI de la Chambre Royale & Syndicale des Libraires & Im- primeurs de Paris, No. 348, fol. 393, con- formément au Reglement de 1723, qui fait défenses, Art. 4, à toutes personnes, de quel- que qualité qu'elles soient, autres que les Li- braires & Imprimeurs, de vendre, débiter & faire afficher aucuns Livres pour les ven- dre en leurs noms, soit qu'ils s'en disent les Auteurs, ou autrement, à la charge de four- nir à ladite Chambre Royale & Syndicale des Libraires & Imprimeurs de Paris, huit Exemplaires, prescrits par l'Art. 108 du mê- me Réglement. A Paris, le 11 Août 1744. Signé, SAUGRAIN, Syndic.

FAUTES A CORRIGER.

PAg. 6. lin. 7. Μασσαλιῶτιι, lege Μασσαλιῶτων.

P. 18. l. derniere, *Sicyle*, lisez *Sicile*.

P. 28. l. 19. *pour le*, lisez *par le*.

P. 98. l. 13. *n'étoient point Liguriens*, lisez *n'étoient Liguriens*.

P. 102. l. 16. *ou celui d'Ombriens*, lisez *ou d'Ombriens*.

P. 125. l. 14. *Ombriens de l'Italie*, lisez *Ombriens d'Italie*.

P. 156. l. 18. *subjuger*, lisez *subjuguer*.

P. 158. l. 5. *ne dit*, lisez *ne dise*.

P. 200. l. 1. *Chapitre XI*, lisez *Chapitre XII*.

P. 264. l. 6. *obstacles*, lisez *obstacle*.

P. 278. l. 18. *faire front*, lisez *faire face*.

www.ingramcontent.com/pod-product-compliance
Lightning Source LLC
Chambersburg PA
CBHW070318030726
47505CB00004B/1024